新 潮 文 庫

フラッシュ・ポイント

―天命探偵　真田省吾4―

神 永　学著

新 潮 社 版

973コ

目次

フラッシュ・ポイント

——天命探偵　真田省吾4——

運命は我々の行為の半分を支配し、他の半分を我々自身にゆだねる。
――マキャベリ

プロローグ

「不審船から発砲！」

原田《はらだ》が悲鳴に近い声で叫んだ。

それと同時に、火花が散って弾丸が連続して着弾した。

操舵《そうだ》室《しつ》のガラスは、小型機や高速列車に使用されるセキュリティーガラスと同じ仕様のものだ。

防弾能力はあるが、低レベルのNIJ―Ⅱ。38口径の弾丸を防ぐ程度でしかない。

不審船から発砲されたのは、ロシア製の自動小銃、AK―47による弾丸だ。ガラスには、着弾により数個の穴が出来ていた。

このまま攻撃を受け続ければ、確実に犠牲者が出る。最悪の場合は、撃沈される可能性もある。

「船長！　このままでは！」

原田が、怯《おび》えた視線を向ける。

彼は、今年配属されたばかりの若者だ。こういう状況に慣れていない。

「落ち着け！」

三井《みつい》は原田を一喝した。

その言葉は、自分に向けたものでもあった。

「停船の呼びかけを続けろ！」

三井は、無線に向かって叫ぶように言うと、首から提げた双眼鏡を目に当てた。

不審船との距離は百メートルほど。全長は、三井が乗る小型巡視船「らいじん」とほぼ変わらない。

一見すると、貨物船に見えるが、甲板にＡＫ—47を持った数人の男が立っているのが確認できた。

麻薬、あるいは武器の密輸船だろう。

「再び発砲！」

原田が声を上げる。

三井にも確認できた。甲板にいる男たちが、銃を乱射している。

弾丸は、「らいじん」の側面に命中し、火花を散らした。

側面は窓ガラスより強度は高いが、何発も銃弾を受ければ穴が空く。

「不審船からの攻撃を受けています。発砲許可を願います」

三井は無線を取り、口早に告げた。

だが、反応が無い。つながっていないのかと思い、もう一度言おうとしたところで、
本部からの返答があった。

〈本当に攻撃されたのか？〉

「自動小銃による発砲です」

三井が回答している間に、再び窓ガラスに着弾があった。

威嚇《いかく》ではない。明確な意志を持って、操舵室を集中的に攻撃して来ている。

「今、三回目の攻撃を受けました」

〈人的損害は？〉

「今のところありません」

また、沈黙だ。三井の中で、怒りが膨れあがっていく。

〈現状維持のまま、追尾を継続〉

「待って下さい！　攻撃されているんですよ！」

〈攻撃は許可できない〉

「しかし……」

〈繰り返す。海上自衛隊が到着するまで、追尾を継続〉

「バカな……」

三井は言葉を失った。

このまま、銃撃を受けながら、黙って追尾を続けろというのか——それは、死ねと言っているのと同じだ。

「RPG！」

誰かが叫んだ。

RPGは、携帯型のロケットランチャーのことだ。三井がそのことを理解する前に、轟音《ごうおん》が鼓膜を揺さぶった。

一瞬、何が起きたのか分からなかった。

操舵室が黒煙に包まれ、何度も噎《む》せ返った。

「船長、原田が……」

副船長の手越《てごし》が、震える声で言った。

目をやると、操舵室の側面のガラスが砕けていた。その脇《わき》に、原田が仰向《あおむ》けに倒れている。

三井が駆け寄ると、彼は怯えた目をしたまま、浅い呼吸を繰り返していた。

脇腹にこぶし大の穴が空き、内臓が見えた。両手で押さえたが、流れ出す血が止まらない。

「痛い……痛いです……船長……」

原田が絶え絶えに言う。

「大丈夫だ！　かすり傷だ！　死にはしない！」

――嘘《うそ》だった。

原田の傷が重いことは、誰の目にも明らかだ。三井は感情を押し殺し、救護班を呼びつけてから立ち上がった。

すぐに船内無線を手に取り、大きく息を吸い込んだ。

「われわれは、自衛行動に出る。速やかに、不審船を撃沈せよ」

「船長！」

手越が、三井の手から無線をむしり取った。

睨《にら》み合うかっこうになった。

「これは、命令違反です」

手越が強く主張する。

彼の言う通り、三井のやろうとしていることは、命令違反だ。

海上保安庁の船長には、発砲する権限は委《ゆだ》ねられていない。では誰に権限があるのか——陸にいる海上保安庁長官だ。

彼らの決断を待っていたら、確実にこの船は沈められてしまう。

現に向こうは容赦なくRPGを打ち込んだのだ。

三井は、命令を守ることに異論はない。だが、それよりも、乗組員の命を守ることが最優先であると考えていた。

「返せ！」

「できません！」

ここで議論している時間の余裕はない。

三井は、腰のホルスターにある拳銃《けんじゅう》を抜き、その銃口を手越の額に押し当てた。

「時間がない」

三井は、問答無用に無線機を奪い返すと、再び攻撃の命令を出した。

ほどなくして、船首にあるRFS（目標自動追尾機能）付きの二〇ミリ多銃身機銃、JM61—Mが唸《うな》りを上げた。

毎分四百五十発の連射速度を保つ弾丸が、次々と不審船の側面に命中する。やがて、不審船の甲板から炎が上がり、前のめりに沈んでいった。

〈敵船撃沈！〉

無線からの報告を黙って聞いていた三井は、炎を上げながら沈んでいく不審船を無表情に見つめた——。

第一章　Flash Point

一

三井は、烈火の如《ごと》き怒りを抱えながら、テレビの画面を凝視していた。

首相官邸を出た内閣総理大臣を、記者たちが取り囲み、マイクを突き出しながら、次々と質問を投げていく。

〈不審船の乗組員は、なぜ釈放されたのですか？〉

〈密輸船だったと聞いていますが〉

〈弱腰だという非難の声が上がっていますが〉

だが、SPに護衛された首相は、まるでそれらの声が聞こえていないかのように、待たせてある車に向かって歩いて行く。

〈一部で、海上保安庁の職員が殉職したという噂《うわさ》がありますが……〉

その質問を投げられたとき、首相はピタリと足を止めた。

三井は固唾《かたず》を呑《の》んで、画面を見守った。

「そのような事実は、一切ありません」

はっきりとした口調で言うと、首相はそのまま車に乗り込み、走り去って行った。

画面はスタジオに切り替わり、コメンテーターたちが、口々に首相の弱腰対応をバッシングしている。だが、そのほとんどが三井の耳に入って来なかった。

――そのような事実は、一切ありません。

首相の放った言葉が、ぐるぐると頭の中を回る。

「あれを、無かったことだと言うのか……」

三井の声が震えた。

そんなはずはない。原田は、確かに存在していた。あの日、船に乗っていた。それなのに、政治家たちは自らの保身のため、その存在を無かったものにしようとしている。

三井は、身体《からだ》が燃え上がらんばかりの怒りを覚えた。

さっきまでのニュースは終わり、すでにスポーツの話題に切り替わっていた。

分からせる必要がある。

あの日、何があったのか――そして、今の日本の置かれている状況を。

三井は強く拳《こぶし》を握り立ち上がった。

部屋の外に出ると、生暖かい潮風が、吹きつけて来る。

視線の先には、漆黒の海が、月の光を浴びて蠢《うごめ》いていた。まるで、自らの心を象徴しているかのようだ。

——今の自分を見たら、あの男は何と言うだろう？

三井の脳裏に、一人の男の顔が浮かんだ。

高校時代からの友人で、三井がもっとも信頼する男だ。

彼は、高潔な男だ。きっと、許しはしないだろう。もしかしたら、障害となって自分の前に立ちはだかるかもしれない。

だが、それでも行かなければならない。友を失ってでも、やらなければならないことがある。

三井は、自らに言い聞かせて歩き出した。

——今でなくても、きっといつかあの男にも、分かってもらえる日が来る。

二

真田《さなだ》省吾《しょうご》は、カウンターのスツールに腰を下ろしていた。

新宿の歌舞伎町《かぶきちょう》にあるこのクラブは、週末ということもあり、人でごった返している。ドレスコードがあるおかげで、年齢層は比較的高く、バカ騒ぎをしていないのが唯一《ゆいいつ》の救いだ。

真田は視界の隅に一人の女を捉《とら》えていた。

露出の多いドレスを着て、首に入れ墨の入った若い男と、ソファーで身体を寄せ合いながら談笑している。

名前は佐野美春《さのみはる》――かつて、清純派のアイドルグループのメンバーとして活躍した女だ。

三年前に芸能界を引退して、現在は携帯電話のコンテンツを制作する会社の社長夫人に収まっている。

今回の依頼は、社長である夫からのもので、彼女の浮気調査だった。

彼女を張り込んで三日目になるが、印象でいうと彼女はクロだ。毎晩のように着飾ってクラブに出入りして、男を物色している。かつての清純なイメージは見る影もない。浮気以外にも、いろいろと出てきそうだ。

真田は、シャンパングラスに入ったオレンジジュースを一気に飲み干した。

「ずいぶん、かわいいもの飲んでるじゃない」

声をかけて来たのは、同僚の公香《きみか》だった。

商売女のように明るい色に染めた巻き髪で、黒いシックな感じのするパーティードレスに身を包んでいる。

　スタイルがよく、シャープな顎《あご》のラインに、厚みのある唇。黙っていれば美人なのだが、何せ公香は口が悪い。

「おれは、このあと運転があるんだよ」

　真田は舌打ち混じりに言う。

「あんたがお酒飲んでるの、見たことないけど」

　公香は、少しだけ赤らんだ頬を緩めて笑った。こうやって、いつも真田のことを子ども扱いする。それが、また腹が立つ。

「酔ってんのか？」

「全然。こんな安物じゃ私は酔わないわよ」

　公香はくるりと回転して、おどけてみせた。

　これはダメだ。相当酔っぱらっているらしい。真田は、ため息を吐《つ》いた。

「志乃《しの》。公香を引っ込めてくれ」

　真田は、無線につないだイヤホンマイクに向かって呼びかける。

　骨伝導のマイクを使っているので、この大音量の音楽の中でも、充分に声を届けることができる。

〈楽しそう〉

笑いの混じった声が聞こえて来た。

——中西《なかにし》志乃だ。

真田が彼女と会ったのは、二年近く前のことだ。

当時、志乃は依頼人という立場だった。だが、今は真田と同じ探偵事務所、ファミリー調査サービスの一員だ。引き込んだのは、真田だった。

正直、不安はあった。

お嬢様育ちの上、足が不自由で車椅子《くるまいす》の生活を余儀なくされている志乃に、探偵業が務まるのか——だが、それは杞憂《きゆう》に終わった。

彼女の情報分析能力と、判断力はなかなかのものだ。今では、なくてはならない存在になっている。

「楽しくねぇよ。これなら、張り込みに回った方が良かった」

〈そうかしら。こっちはこっちで退屈よ〉

「時には、退屈さが欲しくなるんだよ」

「お取り込み中のところ悪いんだけど、ターゲットが動くわよ」

公香が真田の胸を肘《ひじ》で小突いた。

視線を走らせると、美春が首に入れ墨のある若い男と一緒に席を立つところだった。一気に緊張が走る。

〈真田は、ターゲットの尾行に回れ。公香は、バックアップだ〉

無線を通して、山縣《やまがた》の指示が飛ぶ。

山縣は、ファミリー調査サービスの所長で、一見すると冴《さ》えない中年男だが、それは見せかけに過ぎない。かつては、警視庁防犯部の刑事で、知略家として知られた人物だ。

「了解」

真田は、囁《ささや》くように言うと、美春の背中を追って歩き出した。

美春に次いで扉を押し開けて店の外に出る。

サウナに足を踏み入れたように、むわっとした空気に包まれていた。冷房の効いたクラブの店内とは大違いだ。

「おい！」

声とともに、胸ぐらを摑《つか》まれた。

美春と一緒にいた、首に入れ墨のある男だった。こうして向かい合ってみると、かなりデカイ。身長は一九〇はあるだろう。

「な、何ですか？」

真田は、意識して怯《おび》えた表情を向けた。

「お前、美春につきまとってんだろ」

「し、知りません。誰ですかそれ」

「誤魔化すんじゃねぇよ！　全部分かってんだよ！　お前、探偵事務所の人間だろ！」

首に入れ墨のある男は、力を込めて真田を壁に押しつける。

図星だ。だが、だからといって素直に認めるわけにはいかない。

「ほ、本当に知らないんです……」

言い終わらないうちに、腹に強い衝撃が走った。

真田は、身体をくの字にして噎《む》せ返った。

デカイだけあって、なかなかのパンチ力だ。

「旦那《だんな》のデスクに、契約書の控えがあったの。隠したって無駄よ」

苦しんでいる真田の顔を覗《のぞ》き込んで来たのは、ターゲットの美春だった。

丁寧な説明のお陰で、状況が呑み込めた。依頼人は、不用意にも契約書を部屋に置きっぱなしにした。そのせいで、尾行がバレていたというわけだ。

これはもう、シラを切り通すのは無理だ。

「二度と余計なことできないようにしてやるよ」

首に入れ墨のある男が、拳を振りかぶった。

そんなに大きな予備動作では、次の攻撃がバレバレだ。真田は、しっかりと相手の目を見据え、右に身体を振ってパンチをかわした。

力任せに振った拳は、壁に激突して、ゴキッと音を立てた。

入れ墨の男は、痛みで表情を歪《ゆが》める。同時に、真田を掴む手も緩んだ。

「さっきのお返し」

真田はそのスキを逃さず、股間《こかん》に膝蹴《ひざげ》りをお見舞いした。

「ごぉ!」

男が悶絶《もんぜつ》する。

真田は、間髪を容《い》れずに身体を反転させながら、男の右手を捻《ねじ》り上げる。

男が痛みで膝を落としたところで、体重を乗せた肘打ちを背中にたたき込んだ。

「デカイだけじゃ、勝てないんだよ」

真田は、アスファルトの上で苦しそうにもがいている男に、吐き捨てた。

美春は口に手を当て、唖然《あぜん》としている。

〈ちょっと、やり過ぎじゃない?〉

無線を通じて、公香の声が聞こえた。

「正当防衛だよ」

〈冗談はともかく、早く逃げた方がいいわよ〉

公香の言葉に反応して顔を上げると、数人の男たちがクラブから飛び出して来るところだった。どうやら、首に入れ墨のある男の連れらしい。

「何だてめぇ!」

「殺すぞ!」

「おら!」

逃げようとしたときには遅かった。猛獣のごとくいきりたった男たちに、囲まれてしまっていた。

――さすがにこれはマズイ。

「公香。加勢を頼む」

〈バカ言わないでよ〉

視線を向けると、公香が小さく手を振りながら歩き去って行くのが見えた。

公香は、そのままクラブ前に停車してある濃いメタリックブルーのハイエースに乗り込んだ。あの中には、山縣も志乃もいる。

「山縣さん」

〈警察は呼んでおいた。自分の撒《ま》いた種だ。警察が到着するまでは、自力でどうにかしろ〉

それが、山縣からの言葉だった。

それと同時に、ハイエースが走り去って行く。

――薄情な奴《やつ》らだ。

〈真田君。逃げて〉

志乃だった。

彼女だけは、心配してくれているらしい。だが、女性に逃げろと言われて、おめおめ逃げたのでは、男がすたる。

真田は、大きく一歩を踏み出し、一番近くにいた男の鼻っ面《つら》に、頭突きを叩《たた》き込んだ。

不意打ちを食らったかっこうになった男は、膝から崩れ落ちた。

「さあ、次はどいつだ？」

真田が言うのと同時に、残り全員が一気に襲いかかって来た。

マジか——。

三

柴崎功治《しばざきこうじ》は、運転席のシートにもたれ、煙草《たばこ》に火を点《つ》けた。

疲労はあったが、クーラーの効いた車の中で張り込みができる分まだマシだ。新宿の街はアスファルトなどの熱吸収率の高さや、クーラーの排熱などの影響で、夜になってもいっこうに気温が下がらない。蒸し風呂《ぶろ》のような暑さだ。

「誰と待ち合わせですかね」

助手席に座る部下の松尾《まつお》が、ポツリと言った。

松尾はまだ若く、経験も浅い。だが、裏表のない彼のことを、柴崎は信頼していた。

「さあな」

柴崎は、返事をしながら双眼鏡を手に取った。

ホテルの一階にある、カフェレストランの様子が窺《うかが》える。その窓際《まどぎわ》の席に座っているのが、柴崎たちが追う男だった。

名前は金城忠成《かねしろただなり》。三十八歳。表向きは、ゴールド・キャッスル貿易の社長ということになっている。中国から、鉱石の輸入をしている会社だ。だが、その裏では、武器や麻薬を密売していると噂《うわさ》される男だ。ここ一年で急速に販売ルートを拡大している。一年半ほど前に、柴崎たちは二階堂《にかいどう》という武器密売のディーラーを逮捕した。だが、それでも密売品は出回る。金城のように、とって代わる者が現われるからだ。同じことの繰り返しにうんざりする。

だが、だからといって、放置していればそれこそ無法地帯になる。

今は、金城の密売ルートの解明が急務だ。

「来ました」

柴崎が気持ちを切り替えたタイミングで、松尾が言った。

双眼鏡の視界にも、歩いて来る一人の男の姿が見えた。年齢は四十代半ばくらい。身長は一八〇センチ前後。引き締まった身体《からだ》つきをしている。

鼻は低く、無精髭《ぶしょうひげ》を生やし、少しやつれた感じもするが、大きく見開かれた目は、爛々《らんらん》とした輝きをもっていた。

——どこかで見たことのある顔だ。

その顔に見覚えはあるが、すぐに思い出すことができなかった。

「誰ですかね？」

松尾が、望遠レンズの付いたカメラを構え、立て続けにシャッターを切りながら訊《たず》ねる。

「分からん……」

近くで見れば、思い出せるのだろうが、遠くから双眼鏡を覗いた状態では、はっきりと特定することは難しい。

「動くようですね」

松尾が言った通り、金城と男は少し話をしたあと、二人で席を立った。

「おれが追う」

柴崎は、松尾に早口に告げて車を降りた。

本当なら、二人で連携を取って追いたいところだが、相手が車で移動する可能性もある。そのときは、松尾がすぐに車を出せるようにしておいた方がいい。

駆け足で歩道を突っ切り、通用口からホテルに入った。視線を走らせると、正面のエントランスに向かう二人の背中を見つけることができた。気付かれないように、ある程度の距離まで近づいたところで、歩調をゆるめた。

男が先陣を切り、その少し後ろに金城が付き従うというかっこうだ。その距離感からして、それほど親しい間柄ではなさそうだ。友人というより、ビジネスパートナーなのだろう。

　そうなると、あの男は取引相手ということになる。

　二人は、正面エントランスから出ると、すぐにタクシーに乗り込んだ。

「タクシーで移動するようだ。新宿無線だ。番号は、○○―○○」

　柴崎は、無線で早口に呼びかける。

〈了解です。もうすぐ、エントランス前に到着します〉

　松尾は状況を先読みして、車を正面に回していたようだ。

　二人の乗ったタクシーが走り出すと同時に、松尾の乗った覆面車輛《しゃりょう》がホテルのエントランス前に到着した。

　柴崎は、すぐに助手席に乗り込む。

　それと同時に、松尾が車をスタートさせた。

　車道に出ると、三台先に、さっきのタクシーを見つけることができた。今のところ、順調に追跡が出来ている。

「どこに行くんですかね？」

　松尾が、身を乗り出すようにして前を見ながら言った。

「取引だとすれば、どこかの倉庫かもしれない」

「保管場所が分かれば、一気にカタがつきますね」

松尾は、少しだけ興奮しているようだった。

彼の言う通り、もし保管場所が特定できれば、人員を大量に投入して、ガサ入れすることができる。だが――。

「気を抜くなよ」

柴崎が言うのと同時に、松尾が急ブレーキを踏んだ。

慣性の法則に従い、柴崎は、前方に投げ出されるようなかっこうになった。

一瞬、何が起きたのか分からなかった。顔を上げると、車は交差点の中央で停車していた。

すぐ目の前には、茫然自失《ぼうぜんじしつ》といった感じの若者が立っていた。

「信号無視だ！　バカ野郎！」

怒りを露《あら》わにした松尾が、窓から顔を出して叫んだ。

その言葉を聞き、柴崎はようやく状況を把握した。

あと少しで、信号無視をして道路に飛び出して来た若者を、撥《は》ねてしまうところだったようだ。

ほっとすると同時に、怒りがこみ上げてきた。

――何とタイミングの悪い。

せっかくのチャンスが、マナーの悪い若者によって潰《つぶ》されてしまったのだ。

若者は、逃げるように横断歩道を小走りに渡っていった。

「急げ」

柴崎は、声にしたものの、半分は諦《あきら》めていた。

案の定、車が交差点を抜けたときには、もうタクシーの姿は見えなくなっていた。

四

志乃は、車椅子《くるまいす》に座ったまま、薄暗く狭い空間の中にいた。

ハイエースの後部座席を改良して作った、尾行や張り込み用の司令室のような場所で、ノートパソコンや無線機、変装用の小道具などが所狭しと並んでいる。

運転席の山縣は、無言のままハンドルを握っている。助手席の公香は、呑気《のんき》に鼻歌などを歌っていた。

だが、志乃は残して来た真田のことが気がかりで、どうにも落ち着かない。

「どうしたの。浮かない顔して」

公香が、志乃のいる後方に身を乗り出しながら言う。

「それは……」

「真田のこと?」

「はい」

「あいつなら平気よ」

公香はケラケラと笑っている。

志乃には、なぜそんなに平然としていられるのか分からなかった。

「でも、たくさんの人に囲まれてました。もしものことがあったら……」

志乃は、震える手を胸に強く押し当てた。

いくら真田がタフだとはいっても、あれだけの人数を一度に相手にして、無事で済むはずがないのだ。

「警察も呼んであるし、別に死にはしないわよ」

「そうでしょうか?」

「そうよ。だいたい、自分で撒いた種なんだから、少しは痛い目を見た方がいいのよ」

「でも、真田君は……」

「あいつのせいで、依頼が一つ飛んじゃったのよ。少しは後先を考えて欲しいわ」

公香は肩をすくめてみせた。

志乃は、愛想笑いを返しながら、自分の動かない足に目を向けた。

筋肉がそげ落ち、骨と皮だけになった細い足。こういうとき、自分の足が動けば
——とつくづく思う。

それができるなら、今すぐにでも真田を助けに行くだろう。

志乃が車椅子での生活をするようになったのは、今から九年ほど前だ。

母と買い物に行く途中、交通事故に遭い、両足を複雑骨折した。怪我《けが》は治ったが、
事故で母が死んだ。そのショックから立ち直れず、自分で歩くことを止《や》めてしまったのだ。

今になってから、必死にリハビリを続けてはいるが、ようやく支えてもらって立てるようになった程度だ。

「だいたい、志乃ちゃんは、真田を甘やかし過ぎなのよ。そんなんだから、いつまで経《た》っても関係が進展しないの」

「関係って何ですか？」

志乃は、公香の言葉の意味が分からず聞き返した。

「あら、惚《とぼ》けちゃって」

「惚ける？」

「ああ、もう。鈍感にも程があるわよ……」

公香が苛立《いらだ》たしげに頭を抱えた。

そんな風にされても、分からないものは分からない。否《いな》、本当は分かっていた。だが、その答えを出すことが躊躇《ためら》われた。

今の生活を心地いいと感じていた。だから、余計な感情を芽生えさせることで、それを壊したくない——それも言い訳だ。本当は、自分の気持ちを、真田の気持ちを知るのが怖いだけだ。

「着いたぞ」

山縣の声で、はっと我に返る。

いつの間にか、車は車庫の中に収まっていた。

助手席から降りた公香が、後部のハッチを開け、志乃の車椅子が降りられるよう、荷台に渡し板を取り付ける。

志乃は、公香に礼を言ってから、渡し板を使って車椅子のままハイエースの荷台から降りた。

山縣は、電話がかかって来たらしく、車に寄りかかるようにして、誰かと話をしていた。

志乃と目が合うと、「先に行ってろ」と合図する。

「今日は、疲れたわ。さっさと寝ましょう」

「はい」

志乃は、公香に従って家に向かった。

三角屋根の三階建てのレンガ造りの家で、イギリスのお城を思わせる、チューダー式の西洋館だ。

志乃は、玄関の手前でふと動きを止めた。

元々この家は、志乃の父である克明《かつあき》の持ち物だった。

二年近く前――真田たちと出会うきっかけとなった事件のとき、克明が死んだ。そのまま志乃に相続されたのだが、敷地面積百坪を超えるこの屋敷は、足の不自由な志乃が一人で住むのには広すぎた。

途方に暮れた志乃を受け容《い》れてくれたのが、真田を始めとするファミリー調査サービスの面々だった。

志乃からの提案もあり、それ以来、この家を住居兼事務所として使用している。

昔は、この家が嫌いだった。今は違う。

山縣が、公香が、そして真田がいるこの家が好きだ。自分の居場所だと思える。

やはり、今の関係は壊したくない。

「どうした?」

電話を終えたらしい山縣が、声をかけてきた。

「ちょっと考えごとを……」

「そうか」

「それより、さっきの電話は、依頼人ですか?」

志乃は話を逸《そ》らした。

「いや、私の古い友人だ」

そう言った山縣は、はにかんだような表情をした。

志乃の目には、それが嬉《うれ》しそうに見えた。

五

——三井隆一《りゅういち》だ。

柴崎は署に戻り、自分のデスクに座って煙草《たばこ》に火を点《つ》けたところで、その名前を思い出した。

三井は、元海上保安庁の職員だった男だ。それだけなら、柴崎の記憶に残ってはいない。

だが、彼は昨年、大きな事件の渦中《かちゅう》にいた。

奄美《あまみ》大島《おおしま》沖の日本の領海内で、三井が船長を務める海上保安庁の巡視船「らいじん」が国籍不明の貨物船を発見した。

再三にわたり停船命令を発したが、貨物船はそれを無視。それどころか銃撃を仕掛けてきたので、「らいじん」は、この貨物船を攻撃し、撃沈させた。

事件後、引き揚げが行われ、その船内から大量の麻薬と銃器が発見され、中国からの密輸船であったことが明らかになった。

しかしその後、三井は懲戒免職処分を受けることになった。

——なぜ？

一般の人が聞けば、そう思うだろう。

銃撃してきた不審船に対して、防衛のため反撃した三井が処分される道理はない。

だが、海上保安庁の巡視船の船長に、発砲を許可する権限はない。それが許されるのは、海上保安庁の長官だけだ。

三井は、重大な規律違反を犯したことになる。

理由はそれだけではない。中国から撃沈は不当であったと抗議を受けたのだ。領海を侵犯しての密輸の末の銃撃の結果なのだから、自業自得《じごうじとく》といっていい。毅然《きぜん》と振る舞えばいいものを、政治家たちは中国との関係悪化を怖《おそ》れ、三井の独断による攻撃ということにして、彼を処分することで事態の収拾を図ったのだ。

「松尾」

柴崎は、松尾に声をかけた。

「すみませんでした」

駆け寄って来た松尾が、頭を下げた。

金城を取り逃がしたことを、自分の責任だと考えているようだ。だが、あれは避けようのないアクシデントだった。

「いや、気にするな。それより、金城と一緒にいた男なんだが……」

「はい」

「三井隆一かもしれない」

「三井隆一って、元海上保安庁の……ですか？」

松尾も、その名前に心当たりがあったようで、驚いた顔をした。

「ああ」

「なぜ、三井が金城と？」

松尾の疑問はもっともだ。

海上保安庁といえば、海上での麻薬や武器の密輸を監視するのも仕事の一つだ。密輸した武器のディーラーをやっている金城とは、いわば敵同士なのだ。

——そんな二人が、何の目的で密会していたのか？

「それを確かめるためにも、三井のことを調べて欲しい」

「分かりました。ちょっと当たってみます」

そう言い残して、松尾は急いで部屋を出て行った。

柴崎が煙草を揉《も》み消したところで、携帯電話に着信があった。

表示されたのは、山縣の番号だった。

山縣は、今でこそ探偵事務所の所長というポジションに収まっているが、かつては組織犯罪対策部の前身である、防犯部に所属していた刑事で、柴崎の上司でもあった人物だ。

寝ぼけ眼《まなこ》で、一見すると、疲れた中年男性に見えるが、警視庁に在籍していたときには、知略家として知られ、鬼の山縣として畏《おそ》れられた人物でもある。

「柴崎です」

〈久しぶりだな〉

のんびりとした口調の山縣の声に、少しほっとする。

「あの事件以来ですから、九ヶ月ですか……」

柴崎は、九ヶ月前に起きた事件の顚末《てんまつ》を思い浮かべた。

あのとき、山縣を始めとするファミリー調査サービスの面々は、ある麻薬シンジケートにまつわる事件に巻き込まれた。

彼らは、警察ですら手を焼いていた巨大組織を、壊滅させてしまったのだ。

その行動力には、ただただ脱帽するばかりだ。

〈もう、九ヶ月になるか……〉

山縣が、感慨深げに言った。

あの事件で、山縣は自らの過去と向かい合うことになった。いろいろと思うところはあるだろう。

だが、彼は感傷に浸るために、わざわざ電話をしてくるようなタイプではない。

「もしかして、また真田が何かやりましたか？」

〈話が早くて助かる〉

山縣が照れ臭そうに言った。

真田は、山縣の探偵事務所の従業員だ。無鉄砲という言葉は、彼のためにあるといっても過言ではない。

後先考えずに突っ走り、どんな困難でも平気で乗り越えてみせる。

「今度は、何をやったんですか？」

〈浮気調査のための尾行をしてたんだが……いろいろあって、乱闘騒ぎを起こしてな……〉

「うちの署に？」

〈ああ〉

「分かりました。明日の朝一で出しておきます」

〈助かる。この礼は、また改めて〉

「礼なんていいです。久しぶりに、真田と話したいと思ってたところですから」

柴崎は、携帯電話を切って表情を緩めた。

真田は、無鉄砲ではあるが、不思議と人を惹《ひ》きつける引力のようなものをもっている。

柴崎自身、それに引き寄せられた一人でもあった。

六

川が見えた——。

幅二十メートルほどの川で、側面はコンクリートで固められている。ビル群を縫うように流れる川だ。

おそらくは、隅田川か神田川だろう。

黒い川面《かわも》にビルの灯りを反射させていた。

志乃は、橋の上に立っていた。緑色の橋架をした橋だ。

視線を走らせると、橋の中ほどに、男が二人立っているのが見えた。

一人は、知っている人物。

——山縣だ。

いつになく険しい表情で、しきりに周囲を気にしている。

もう一人は知らない男だ。年齢は、山縣と同じ四十代半ばくらいだろう。がっちりとした体つきで、背の高い男だった。

その動き一つ一つが機敏で無駄がない。

二人は、向かい合って何ごとかを話している。だが、会話の内容までは分からなかった。

――これは夢。

志乃は、自分が見ている光景が、夢であると認識すると同時に、胸の奥に嫌な感覚が広がっていくのを感じた。

今まで、志乃は何度もこうした夢を見て来た。

夢の中では、必ず人が死ぬ。

そして、それは現実のものとなる。

そのことを、改めて思い出すに至り、志乃の鼓動は早鐘を打った。

――山縣さん！　逃げて！

必死に叫んだが、その声は届かない。

いつもそうだ。志乃の声は、夢の中の人物に届かない。こちらからは見えていても、向こうから志乃の存在を感知することはできない。幽霊のような存在なのだ。

やがて、背の高い男が山縣に何かを手渡した。

山縣がそれを受け取ると同時に、耳をつんざくような破裂音が轟《とどろ》いた。

――銃声だ。

背の高い男の眉間《みけん》で、血飛沫《ちしぶき》が上がったかと思うと、そのままゆっくりと仰向《あおむ》けに倒れて行く。

それと同時に、志乃の意識は夢から現実へと落下していった――。


志乃は、はっと目を覚ました。

そこは見慣れた自分の部屋のベッドの上だった。

時計に目を向ける。午前六時過ぎだった。夏の朝は早い。すでに、カーテンの隙間《すきま》から、強い光が差し込んでいた。

首の周りに、ぬるぬると粘りけのある汗をかいていた。

――また人が死ぬ夢を見た。

志乃は、ズキズキと頭を締め付けるような痛みとともに、そのことを再認識した。

「私は……」

志乃は頭を押さえ、呼吸を整えながら、さっき見た夢を振り返る。

今まで何度も人が死ぬ夢を見て来た。そして、その夢は間違いなく現実のものとなる。

最初に夢を見たのは、母が事故死したときだった。

あの日から、何度も、何度も夢で見た死の運命を変えようと奔走した。だが、それは叶《かな》わなかった。

いつしか、運命は変えられないと諦《あきら》めるようにさえなっていた。

変えられぬ運命なら、なぜ自分は夢を見るのか——その疑問に苦しみ、自らの能力を呪《のろ》い続けた。

そんな志乃に転機が訪れたのは、真田たちに出会ってからだった。

彼らは、志乃が夢で見た死の運命を変えてみせたのだ。

——運命は変えられる。

今なら、それを信じることができる。

志乃は、サイドボードに手を伸ばし、スケッチブックと鉛筆を取ると、夢の中で見た人物の顔を描き始めた。

今まで何度も夢の中の人物の似顔絵を描いて来た。

線画だけであれば、五分もあれば充分だ。

絵を描き終えた志乃は、身体《からだ》を起こしてベッド脇《わき》にある車椅子《くるまいす》に乗り移ると、急いで部屋を出た。

今までの夢は、死ぬ相手が誰なのか分からないことが多かった。だが、今回は山縣が一緒にいた。彼なら、この人物が誰なのか知っているかもしれない。

「どうしたの、血相変えて」

志乃が、車椅子で廊下に出たところで、公香に声をかけられた。

「山縣さんは？」

真っ先にそれを訊《たず》ねた。

「多分、階下だと思うけど……」

怪訝《けげん》な表情を浮かべながらも、公香が答える。

志乃は、急いで階段に向かう。

階段に設置された電動スロープを使い、エントランスに降りたところで、新聞を持って歩いている山縣の姿を見つけることができた。

「山縣さん！」

「どうした？」

山縣は、のんびりとした口調だった。

まるで緊張感がない。事情が分からないのだから、当然かもしれない。

「私、見たんです。山縣さんが、一緒にいた人と、銃声がして……」

「少し落ち着いて」

公香が、早口に言う志乃の肩に手を置いた。

志乃は車椅子のハンドリムをぎゅっと握り、大きく深呼吸して、気持ちを落ち着けてから、手に持ったスケッチブックを山縣に差し出した。

「夢で、その人が殺されるのを見たんです」

スケッチブックに目を向けた山縣の表情が、みるみる強張《こわば》っていくのが分かった。

――やはり、山縣の知っている人物のようだった。

七

「またお前か」

取調室で向かい合った北村《きたむら》が、露骨に表情を歪《ゆが》める。

「こっちだって、お前なんかに会いたくねぇよ」

真田は、頬杖《ほおづえ》をついて北村の顔を見上げた。

タコのような顔をした男で、怒ると顔を真っ赤にして、茹《ゆ》で蛸《だこ》そのものになる。北村からの取調べを受けるのは、これで三回目だ。

何の因果か、真田が乱闘騒ぎを起こすたびに、取調べを担当するのは、この北村という刑事だ。

ここまで来ると、選んでいるんじゃないかと思う。

「それにしても、酷《ひど》い様《ざま》だな。今度は、何をしたんだ？」

北村がニヤリと笑った。

今回も、散々な目に遭った。依頼人の不注意により、ターゲットが尾行に気付いただけでなく、連れの男にケンカまでふっかけられる始末だ。

山縣たちは、状況を知りながら、真田を見捨てて退散。薄情にも程がある。

お陰で警察官が到着するまでの間、六人を相手に大立ち回りを演じることになった。

映画のヒーローなら、全員を叩《たた》きのめすところなのだろうが、現実はそんなに甘くない。袋叩きの憂《う》き目にあった。

身体のあちこちに痣《あざ》ができていて、体勢を変えるだけでも痛みが走る。

「見れば分かるだろ。チンピラに囲まれてボコボコにされたんだよ」

「調子に乗ってるからだ」

「何だよそれ。おれは、被害者だぜ」

口を尖《とが》らせる真田に対して、北村は、ふんっと鼻を鳴らす。

「何が被害者だ。ピンピンしてるじゃねぇか」

「あんたの目は節穴か？」

「言い訳はいい。向こうは、三人も病院送りになってんだぞ。どう考えても、お前が加害者だ」

北村が、真田の鼻先に指を突きつける。

「正当防衛だ」

「限度があるだろ。少しは手加減しろ」

「六人相手に？」

真田は、大げさに驚いてみせた。

それこそ、映画のヒーローじゃあるまいし、六人相手に手加減する余裕などあるはずがない。

「まったく。口の減らないガキだよ」

北村は、椅子の背もたれに身体を預け、呆《あき》れたようにため息を吐《つ》いた。

「そんなこと、どうでもいいから、早く出してくれよ」

「迎えが来ている。さっさと行け」

北村が顎《あご》をしゃくって、ドアを指した。

あと二時間はネチネチやられることを覚悟していただけに、逆に拍子抜けしてしまう。今回は、山縣が思いのほか、早く手を回してくれたらしい。

「本当に？」

「ああ」

北村が、ぶっきらぼうに答える。

勢いよく立ち上がった真田だったが、久しぶりの再会が、こうもあっさり終わるのは、寂しいと思ってしまった。

真田は、ドアに手をかけたところで、一度振り返った。

北村が「何だ？」という風な顔で見返してくる。

「そういえば、この前、あんたの奥さんに会ったぜ」

真田が言うと、北村はいかにも怪訝そうな表情を浮かべた。

「は？」

「おれのベッドの中で」

真田は、ウィンクをしてドアを閉めた。それと同時に、取調室の中から、北村の怒声が聞こえて来た。

相変わらず、沸点の低い男だ。真田は、肩を震わせて笑った。

視線を向けると、いかにも徹夜明けですといった風貌《ふうぼう》の柴崎の姿があった。

今回も、山縣が柴崎に手を回し、出してくれたようだ。

「何でもない。それより、助かったよ」

「お前も、少しは落ち着けよ」

柴崎は気怠《けだる》そうに言うと、廊下を歩きだした。

真田も、そのあとに続く。

「おれのせいじゃねぇよ。ケンカを売って来たのは、向こうだ」

「お前は、売られたケンカは全部買うつもりか？」

「安いケンカだったからな。買わなきゃ損」

「安物買いの銭《ぜに》失いって知ってるか？」

「余計なお世話だよ」

真田が吐き捨てると、柴崎は勝ち誇ったように笑い声を上げた。

そのまま階段を降りて受付の前で手続きを済ませ、正面玄関から署の外に出た。

刺すような日射《ひざ》しに、思わず目を細める。まだ午前中だというのに、アスファルトからは、じりじりと熱気が立ち上っている。

とはいえ、冷房の効きすぎた室内よりはいくらかマシだ。

「やっぱ外の空気はうまい」

真田が大きく伸びをしたところで、濃いメタリックブルーのハイエースが玄関前に滑り込んで来るのが見えた。

——ナイスタイミング。

ハイエースは、ちょうど真田の前で停車して、助手席から山縣が降りて来た。

「遅い」

真田は不満をぶつける。

だが、山縣からの返事はなかった。いつもの気怠い感じはなく、鬼と畏《おそ》れられた昔に戻ったように険しい表情を浮かべている。

「柴崎と話したいことがある。悪いが、待っていてくれ」

山縣は突き放すように言うと、柴崎の前に立った。

「どうしたんだ？」

真田の問いに山縣は答えなかった。

山縣と柴崎は、お互いに頷《うなず》き合ったあと、並んで歩いて行ってしまった。

何か、ただならぬことが起きている。後を追いかけようとした真田だったが、運転席の公香に呼び止められた。

「何だよ」

「説明するから乗って」

公香に急《せ》かされ、真田は助手席に飛び乗った。

ルームミラー越しに後ろを見たが、志乃の姿は無かった。

「何があったんだ？」

「志乃ちゃんが、また夢を見たの……」

その一言で、真田の感情が一気に張り詰めたものに変わった。

八

柴崎は山縣と新宿中央公園に足を運んだ。

水の広場の先にある、平和の鐘近くのベンチに並んで腰を下ろす。山縣と話をするときは、いつもこの場所だ。

「何があったんですか？」

柴崎は、山縣に向かって訊ねた。

彼が、何か問題を抱えていることは、表情を見れば分かる。

「志乃が、人が死ぬ夢を見た……」

長い沈黙のあと、山縣がポツリと言った。

柴崎は、喉《のど》を鳴らして息を呑《の》んだ。

中西志乃――直接の面識はほとんど無いといっていい。だが、彼女の能力についてはよく知っている。

彼女は、夢の中で人の死を予見する。

本来なら、警察官としてそんな話を信じるべきではない。だが、志乃は過去に柴崎の娘の死を予見し、山縣たちの活躍により、一命を取り留めたという経緯があった。

「誰が死ぬかは、分かっているんですか？」

「私の高校時代の友人だ」

「それは本当ですか？」

柴崎は思いがけず大きな声を出していた。

知っている人間の死というのは、他人のそれよりはるかに重くのしかかってくる。

柴崎自身が痛いほどに経験したことだ。

「ああ。偶然にも、昨晩、その友人から電話があった。今日の夜、久しぶりに会うことになったんだが……」

「待ち合わせ場所と、夢で見た場所が一致した……」

柴崎は、頭に浮かんだ推測を口にした。

「その通りだ」

山縣が力無く頷く。

「協力します」

柴崎は、真《ま》っ直《す》ぐに山縣に視線を向けた。

警察として動くことはできないだろう。だが、個人として動くことはできる。少しでも力になりたい——それが柴崎の本心だった。

「すまない」

「謝ることではありません」

柴崎は、首を左右に振った。

今まで、山縣たちには何度となく助けられてきた。その恩に報いるのは、当然のことだ。

「志乃の話では、彼は狙撃《そげき》されて殺害されるらしい」

「狙撃……ですか……」

「ああ。しかも、長距離からライフルを使っての狙撃だ」

山縣の言葉の意味が、柴崎の胸に重く響く。

ライフルでの狙撃ということは、明確な意図をもって行われる、プロの仕事ということになる。金銭トラブルや痴情のもつれなどから起きる殺人事件とは、次元が違う。とても一筋縄ではいかないだろう。

「そうまでして、殺される理由があるってことですよね」

「できれば、その理由を探って欲しい」

静かに言った山縣だったが、その胸の内側には、覚悟にも似た強い意志を宿しているようだった。

「分かりました。私にできる範囲で調べてみます」

「すまない」

「その人物の名前を教えて下さい」

「名前は、三井隆一。元、海上保安庁の職員だ」

「何ですって？」

柴崎は驚きのあまり、思わず腰を浮かせた。

「知っているのか？」

「例の不審船撃沈事件の三井ですよね」

「ああ」

「実は、昨晩、ある事件を追っていて、三井らしき人物を見かけたんです」

柴崎の説明を受け、山縣の眼光が、鋭くなった。

かつて、鬼と畏れられたその片鱗《へんりん》を覗《のぞ》かせる視線だった。

「ある事件とは？」

「武器や麻薬のディーラーをやっている、金城忠成という男を、一ヶ月ほど前からマークしていたんです」

「それで？」

「昨晩、ホテルのカフェレストランで、金城と接触した男がいます。追跡したのですが、途中で見失ってしまって……」

「それが、三井だった……」

「はい」

柴崎は、胸の内がざわざわと揺れるのを感じた。

三井と金城の密会、そして、志乃が予見した三井の死——この二つに因果関係があるのは、間違いないだろう。

何か、とてつもなく大きな事件が起きようとしている。

柴崎の胸のざわつきは、より大きなものへと変わっていった——。

九

「真田君……大丈夫？」

玄関で真田を出迎えた志乃は、思わず声を上げた。

顔や腕に痣《あざ》や擦《す》り傷《きず》ができていて、見るからに痛々しい。相当酷《ひど》い目に遭ったようだ。

「かすり傷だ。気にすんな」

真田は、まるで痛みなど感じていないように、ケロッとしている。

「でも……」

「それより、夢の話を詳しく聞かせてくれ」

真田は、志乃の言葉を遮るように言うと、リビング兼応接室にしている部屋に向かった。

志乃もそのあとに続く。少し遅れて、山縣と公香も部屋に入った。

「で、どんな夢を見たんだ？」

全員が揃《そろ》ったところで、真田が切り出した。

志乃は、大きく頷いてから、改めて夢で見た光景を語って聞かせた。

その場所で起こったことはもちろん、目に映った風景や聞こえた音、感じたことなど、覚えている範囲で詳細にわたって説明をする。予見した死を阻止するためのヒントは、思わぬところに隠れている。

全《すべ》てを話し終えたあと、志乃は大きく息をついた。

夢の話をするとき、死刑宣告をしている裁判官のようで、いつも重苦しい気分になる。

「それで、夢で殺される男は、山縣さんの友人に間違いないんだな」

真田がチラリと山縣を見やる。

「ああ。三井とは、今日の夜、会う約束になっているんだが、待ち合わせの場所は市ケ谷駅近くの橋だ。志乃が夢で見た光景と一致する」

山縣の言葉には、沈痛な響きがあった。

友人が死ぬかもしれない——その事実を前に、平静でいられる方がおかしいのだ。

「連絡は取れないのか？」

「難しいな」

真田の質問に、山縣が即答した。

「何で？　昨日、電話があったんだろ」

「公衆電話からだった」

「住所は？」

「残念だが、分からない」

「今から捜している時間はないってことか……」

真田が、脱力してソファーの背もたれに身体《からだ》を預けた。

公香は呆然《ぼうぜん》と天井を見上げ、山縣は腕組みをして、考え込むように爪先《つまさき》を見ている。

しばらく誰も口を開かなかった。

部屋全体が、陰鬱《いんうつ》な空気に包まれているようだった。

志乃は、車椅子《くるまいす》のハンドリムをぎゅっと握った。

相手が分かっていれば救える——と考えていた自分が、いかに安易だったかを思い知らされる。

「まあ、いろいろあるけど、守ってやろうぜ」

沈黙を破ったのは、真田だった。

今から散歩にでも行くような、軽い口調だった。

山縣と公香は、真田を見て、驚いたように目を丸くしている。

誰かの命を守るということは、簡単なことではない。守る側も、命をかけなければならないからだ。

それが分からない真田ではない。彼自身、今までなんども死線をくぐり抜けて来た。

だが、それでも真田は「守ってやろう」と言ってのけることができる。

「そうですね」

志乃は、表情を緩めて同意の返事をした。

今まで重くのしかかっていた重圧から、解放されたような気がした。

不思議と真田なら、どんな厳しい状況であっても、どうにかしそうな気がする。

「あんたたちバカでしょ」

立ち上がり、興奮気味に言ったのは公香だった。

その声には責めるような響きがあった。

「バカで結構」

軽い調子で言った真田の言葉が、公香の神経を逆撫《さかな》でした。

「相手は、銃を持ってるのよ。どうやってやり合う気？」

公香の意見は正論だ。

夢で人が死ぬのを見たので、警護して下さい――とお願いしたところで、警察を動かすことはできない。

しかも、殺害方法は長距離からの狙撃だ。それを阻止するのが、いかに困難であるかは、鳥居《とりい》の事件のときに立証されている。

「だから、それを今から考えるんだろ」

「あんたね、考えもなしに言わないでよ」

「キンキンうるせぇな」

真田が、耳をふさいでうるさいとアピールする。

「まあ、落ち着け」

間に割って入ったのは山縣だった。

真田と公香は、お互いに不服そうな表情をしながらも、口を閉じてソファーに座り直した。

「山縣さんは、どう考えているんですか？」

志乃は、その質問をぶつけてみた。

今回、殺害される可能性があるのは、山縣の友人だ。彼がどう考えているのかは、確かめておきたいところだ。

山縣は、苦虫を噛《か》み潰《つぶ》したみたいに、表情を歪《ゆが》めた。

「三井を助けたい。だが、お前らを危険に巻き込みたくもない。両方とも本音だ」

ようやく絞り出した——という感じの言葉だった。

山縣らしい答えだと志乃は感じた。彼は、ファミリー調査サービスの面々を、危険な目に遭わせたくないと常々考えている。だが、死ぬと分かっている人を、放置することもできない。

今まで、何度もそのジレンマを抱えながら、事件と向き合って来た。

「個人の意思に任せるってことでいいか？」

真田の問いかけに、山縣は答えることなく唇を噛んだ。

「私は、助けたいです」

志乃は、身を乗り出すようにして言った。

それが志乃の本心だ。たとえ相手が誰であれ、死を運命づけられた人を、放っておくなんてできない。

それが、夢で人の死を予見することができる、自分の使命だとも思う。

「おれも志乃と同意見」

真田が手を挙げたあと、視線を公香に送った。

「あんたたちだけじゃ心配だから、手伝ってあげるわ」

公香が、すらりと伸びた足を組みながら言った。

不器用な言い回しだが、公香も真田や山縣と同じで、傍観することができないタイプだ。

意見がまとまったところで、インターホンが鳴った。

十

——どうやって助けるか？

真田は腕を組んで、天井を仰いだ。

意見はまとまったが、全くの無策では、失敗するのが目に見えている。

玄関のインターホンの音に反応して、山縣が立ち上がり、部屋を出て行った。

「で、どうするつもり？」

公香が言った。

本当は答えなど持ち合わせていない。だが、黙っているのも癪《しゃく》だ。思いつくままに口を開く。

「撃って来る前に、三井って男を連れて逃げる――とか」

「向こうだってバカじゃないのよ。下手に動いたら、引き金を引くタイミングが早くなるだけでしょ」

公香の意見は正しい。

向こうは、ライフルでじっとターゲットを狙《ねら》っている。つまり、いつでも撃てる状況というわけだ。それなら――。

「狙撃手《そげきしゅ》を見つけ出して、ぶっ飛ばすってのは？」

「あんた、日に日にバカになるわね」

「何だと？」

「狙撃手を、どうやって探す気？　見つける前に撃たれちゃうわよ」

公香の意見はいちいちもっともだ。だが、こういう言い方をされると、ついつい反論したくなってしまう。

「手が無いわけじゃない」

そう言ったのは、公香でも志乃でもなかった。

リビングのドアのところに、山縣と並んで一人の男が立っていた。真田のよく知る人物、鳥居だった。

「誰かと思えば、鳥居のおっさんじゃんか」

真田が、興奮気味に立ち上がる。

「相変わらずだな」

鳥居は目尻《めじり》に皺《しわ》を寄せて笑ったあと、山縣と一緒に部屋に入り、真田の向かいのソファーに並んで座った。

初めて会ったときより、ずっと血色がよくなった気がする。

真田が鳥居に出会ったのは、一年半ほど前に起きた事件のときだった。

鳥居は、元警視庁ＳＡＴ（特殊急襲部隊）の凄腕《すごうで》の狙撃手で、ある事件の被害者でもあった。

彼も、志乃が予見した死の運命から逃れた一人だ。

現在は娘と二人暮らしで、警備員として働いているが、山縣の要請を受け、ときどき手伝いをしてくれている。

「鳥居のおっさんを呼んでるってことは、山縣さんは、最初から動く気だったんだろ」

真田は、山縣に非難の視線を向けた。

「万が一に備えてだ」

山縣は苦笑いを浮かべた。

真田たちがどんな回答をしようと、自分だけは三井を助けるために行動を起こすつもりだったのだろう。

「さっき、何か策がある——みたいなこと言ってたけど、どういうこと？」

落ち着いたところで、公香が訊《たず》ねる。

それに頷《うなず》いて答えた鳥居は、志乃に目を向けた。

「夢の光景を詳しく教えて欲しい。特に着弾した場所、弾丸の来た方向を、できるだけ正確に」

「そうか！」

志乃は、興奮気味に声を上げた。

真田にも、鳥居の考えが理解できた。鳥居は凄腕の狙撃手だ。着弾の場所や角度など正確な情報が分かれば、そこから狙撃手の場所を特定することができるということだ。

撃って来る場所が分かっていれば、さっき真田が言った通り、狙撃手をぶっ飛ばすことも可能だ。

「そうと決まれば、さっさと割り出しをやろうぜ」

真田は、勢いをつけて立ち上がった。

それを制したのは、山縣だった。

「慌《あわ》てるな」

「何だよ」

出鼻を挫《くじ》かれたかっこうになった真田は、ふて腐れて頬を膨らませる。

「おそらく狙撃手は、どこかのビルから撃って来るはずだ」

山縣は、冷静な口調だった。

「それがどうした？」

「正直、狙撃地点をピンポイントで絞るのは難しい」

補足の説明を加えたのは鳥居だった。

それを聞き、真田は「なるほど」と納得する。

鳥居がかかわった事件のときもそうだったが、東京のビル群は、ジャングルと大差ない。狙撃地点を推測することはできても、特定するのは難しい。

「チームを分散するってことか？」

真田の言葉に、山縣が頷いた。

「公香と志乃は現場近くで待機してもらう。で、真田と鳥居君で狙撃地点の捜索を頼む」

「足はどうすんだよ」

真田は口を尖《とが》らせた。

前回の事件のとき、ハーレーダビッドソンVRSCDを壊してしまった。修理には出しているが、アメリカからの部品の取り寄せに時間がかかり、まだ戻って来ていない。

今、真田が代車として乗っているのは、五〇CCのスクーターDioだ。小回りは利《き》くが、法定速度は三〇キロだし、二人乗りもできない。真田と鳥居のセットで動くとなると、徒歩でということになる。これだと機動性に難ありだ。

「真田は、今から河合《かわい》君のところに行って、その足を用意してくれ。彼には、事情は説明してある」

山縣の言う河合とは、馴染《なじ》みのバイクショップのオーナーのことだ。

元暴走族の特攻隊長という肩書きを持っている。詳しくは聞いていないが、その当時、ずいぶん山縣に世話になったらしく、恩義からバイクを工面してくれたり、ときに調査を手伝ってもくれる。

今まで真田が乗り継いで来たバイクも、ほとんど河合の手配によるものだ。

山縣の根回しの速さに感嘆する。

「了解」

真田は意気揚々と立ち上がった。

十一

志乃は、じっと地図を見つめていた。

真田、公香、山縣は準備のために駆け回っている。志乃と鳥居の二人で狙撃地点を特定する作業を行うことになった。

夢で見た橋は、山縣が三井と待ち合わせをすることにした橋と同一のものであることは、確認が取れている。問題は、どこから撃って来たかだ。

「二人が立っていた場所は？」

腕組みをして立っていた鳥居が訊ねて来た。

志乃は夢で見た光景を思い浮かべながら、地図を目で追って行く。

遠くに鉛筆のように尖ったビルが見えた。あれは、おそらく代々木にあるNTTドコモのビルだ。橋に立ったとして、それが見える位置は、おそらく――。

「この辺りです」

志乃は、地図の一点に丸印をつけた。

「撃たれた男は、どちら向きに倒れた？」

「そのまま、仰《の》け反《ぞ》るように……」

志乃は、鳥居の質問に答える。

「なるほど。おそらく、北東から北北東にかけての、この範囲だな」

鳥居が赤いペンを持ち、地図の丸印を頂点に、二五度の角度の三角形を描いた。

「直線ではないんですか？」

「君の情報だけでは、これが限界だ。あまり絞りすぎると、逆に見失うことになる」

「そうですね……」

もっと明確に位置が特定できると思っていただけに、落胆は大きい。

だが、いつまでも下を向いてはいられない。

「どれくらいの距離か分かりますか？」

志乃が訊ねると、鳥居は顎《あご》に手をやって、「うん」と一つ頷いた。

「狙撃用のライフルの射程で考えるなら、一キロくらいは範囲になるだろうな」

「そんなに……」

「ただ、夜間だということを考えれば、暗視ゴーグルを使ったとしても、二百メートルくらいが限界だ」

「やはり、ビルとか高い場所からですか？」

「そうだろうな。建物などの遮蔽物《しゃへいぶつ》が無いことを条件に加えると……」

鳥居は、地図にあるめぼしい建物に、次々と丸印をつけていく。全部で五つほどのビルに絞られた。

「このビルを全《すべ》て当たるんですね」

「ああ。現地に行ってみないと、分からないこともある」

「はい」

「あとは、君の方でこれらのビルの構造や、空き室状況などを調べておいてもらえると助かる」

「分かりました」

志乃は決意とともに、唇を固く結んだ。

狙撃をするのだとすれば、周囲に人目があってはいけない。空き室か、屋上などを利用するのは間違いないだろう。

それらの状況が分かっていれば、絞り込みの作業効率は、断然上がる。

「だいたい終わったようだな」

準備に出ていた山縣が、部屋に入って来た。

「はい」

志乃が答えると、山縣は満足そうに頷いてソファーに座り、指で目頭を押した。かなり疲労が蓄積しているようだ。肉体的なそれというより、精神的なものだろう。

「一つ、訊《き》いていいですか？」

鳥居が、山縣の前に歩み出た。

「何だ？」

「三井とは、どういう男なんですか？」

鳥居の質問は、志乃自身も気になっていたことだ。

慎重派である山縣が、今回ばかりは積極的に動いているように思える。ただの学生時代の友人というのではなく、もっと深いつながりがあるような気がしていた。

「三井は、バカがつくくらい真《ま》っ直《す》ぐな男だ」

山縣は、目尻に皺を寄せ、昔を懐《なつ》かしむような表情をした。

しばらくの沈黙のあと、山縣はさらに続ける。

「高校のときに、ある事件が起きた」

「事件？」

志乃は聞き返した。

「まあ、事件といっても、大したことではないんだが、学校の校長が乗る車に、疵《きず》がつけられていたんだ」

「疵というと……」

「硬貨で、車の塗料を削ったんだよ。よくあるイタズラだ。だが、それに激怒した校長は、犯人捜しを始めたんだ。真っ先に疑われたのは、その校長とそりの合わなかったある生徒だった」

「どうなったんですか？」

「その生徒は、全校生徒の前に引っ張り出され、自白を強要されたんだ。公開裁判のようなものだな」

「酷《ひど》い……」

志乃は、思わず口に手を当てた。

犯人捜しをするなら、他にいくらでも方法はある。その校長は、明らかな悪意のもとに、そういった行為をしたのだろう。

「その生徒は、最後まで自白しなかった。なぜだと思う？」

「さあ？」

「犯人を知っていたからだ。友だちを売る気にはなれなかった」

「それで、その生徒は？」

「校長が刑事告訴が云々《うんぬん》と言い出したところで、壇上に上がって来た生徒がいた。それが三井だった」

山縣は、目を細めた。羨望《せんぼう》の眼差《まなざ》しのようだった。

「彼は何をしたんですか？」

「演説をぶったんだ。教師が、私情に駆られて、一人の生徒の未来を奪おうとしている。学校教育において、そんな非道なことが許されていいのか……と。結果として、三井は生徒だけでなく、校長の方針に不満を持っていた教師を味方につけ、署名を集めて校長を辞職に追いやった」

「何だか、凄《すご》い話ですね」

志乃は感嘆の声を漏らした。

三井は、高校生とは思えない行動力と明確な意志、そして、カリスマ性を持ち合わせていたのだろう。

「吊《つる》し上げられた生徒というのは、山縣さんですね」

鳥居が言ったあとに、白い歯をみせて笑った。

山縣から返事はなかった。だが、その嬉《うれ》しそうな顔を見ていれば分かる。山縣にとって、三井は信頼できる友人であり、恩人でもあるのだろう。

若い頃に、そういう人物と巡り会えたことは、何ものにもかえがたい。

「何としても、助けましょう」

志乃は声に出すことで、決意を新たにした。

十二

狙撃手《そげきしゅ》の位置特定は、志乃たちに任せて、真田はスクーターを走らせていた。

法定速度三〇キロのスクーターでは、とてもではないが、今回の任務を遂行するのは難しい。

代々木にある河合のバイクショップの前にスクーターを停め、ヘルメットを脱ぐと、つなぎを着た河合が、ゆっくりと歩いて来た。

三十代半ばだが、実年齢より若く見える。肌はよく日焼けしていて、髪も短く刈り上げている。一見すると爽《さわ》やかなスポーツマンだが、元暴走族の特攻隊長という、いかつい経歴をもっている。

未成年の頃に、山縣に世話になって更生したらしく、たいそう恩義を感じていて、事件の度に、いろいろと協力してくれている。

柴崎に鳥居、そして河合。山縣の人望の厚さには、いつも驚かされる。

「今のところ無傷だな」

河合は皮肉混じりに言うと、スクーターのヘッドライトをポンポンと叩《たた》いた。

「当たり前だろ」

「よく言う。何台のバイクを壊したと思ってんだ?」

そこを突かれると痛い。

真田は事件の度に、バイクを破壊して来た。特にこの二年は酷かった。合計、五台のバイクを廃車にしてしまったのだ。

その度に、河合に格安でバイクを工面してもらっている。

「不可抗力だ」

「何が不可抗力だ。正面から車に突っ込んだのは、どこのどいつだ?」

「あれは、逃げようとした犯人を止めようとしたんだよ」

「だからって、バイクで体当たりすることねぇだろ。命知らずっていうより、バカだな」

「ああ。どうせ、おれはバカだよ」

「そう、ふて腐れるな」

河合が、なだめるように真田の肩をポンポンと叩く。

子ども扱いされているようで、何だか腹が立つが、口にすることはなかった。

「ハーレーは、まだ直らないのか?」

「アホ! あんだけ派手にぶっ壊して、そう簡単に直るかよ」

「簡単にって、もう半年以上も経《た》ってるんだぞ」

「文句を言うな。こっちは、無料でやってやってんだ。それに、部品は船使だから、時間がかかるんだよ」

残念ながら、河合の言うように、無料で直してもらっているのだから、反論はできない。

落胆して肩を落としたところで、河合が「ついて来い」と指で合図する。

真田は指示に従い、バイクを降りて、河合のあとに続いてガレージに足を踏み入れた。

「お前にピッタリのやつを用意しておいた」

河合は、ガレージの隅に置いてあるバイクの前に立った。

真っ赤に塗られたその車体を見て、真田のテンションが一気に上昇した。

「マジか。ザンザスじゃんか」

カワサキが、一九九〇年代に開発したバイクだ。

ザンザスという風変わりな名前は、ギリシャ神話に登場するアキレスの愛馬からつけられたものだ。

抜群の高速性能を誇り、一〇〇キロまでの加速なら、レーサー仕様のマシンに引けを取らない。そのため、異端児として扱われたバイクでもある。売上げが伸び悩み、生産中止となったが、四〇〇CCクラスでは間違いなくトップをいく車体だ。

「鍵《かぎ》はついてる」

河合に言われ、真田は飛びつくようにバイクにまたがり、エンジンを回した。

シートを通して、突き上げるような振動が伝わって来た。

「このバイク、相当いじってんだろ」

「おれ仕様だ。かなりのじゃじゃ馬だぜ。お前に乗れるか？」

河合が、挑戦的に笑ってみせた。

そう言われると、逆に火が点《つ》くのが真田の性分だ。

「おれに乗れないバイクはねぇよ」

「今度こそ、壊すなよ」

「分かってる」

ヘルメットを被《かぶ》ろうとした真田だったが、すぐに河合に腕を掴《つか》まれた。

「行く前に、例の件はどうなった？」

「例の件？」

意味が分からず、真田は首を捻《ひね》った。

河合は、柄にもなく視線を落としてモジモジとしている。

「例のあれだよ。約束」

「は？」

どうにもはっきりしない河合の物言いだ。

「公香さんを、紹介してくれるって話だよ」

「ああ……」

真田は、ようやく思い出すことができた。

河合は公香をいたく気に入っていて、前回の事件のとき、バイクを用意する条件として、公香を紹介するように真田に提案していた。だが、事後処理のバタバタですっかり忘れていた。

紹介するのは構わないのだが、気がかりなことが一つある。河合は公香が清楚《せいそ》でしとやかな女だと勘違いしているのだ。

公香の素の姿を見れば、そのイメージは一気に崩壊してしまうだろう。このままイメージを壊さないでいてやるのが得策かとも思うが——。

「これが終わったら、紹介してやるよ」

真田は、あしらうように言ってヘルメットを被った。

「絶対だぞ」

「分かってる」

「今度こそ、壊すなよ」

「だから、分かってるよ」

真田は言い終わる前に、アクセルを吹かしてバイクをスタートさせた。

十三

山縣と別れたあと、柴崎は新宿署に向かって歩いていた。

アスファルトの照り返しに目を細めた。たいした距離を歩いたわけではないが、背中を汗が伝う。

頭の中で、三井が起こした不審船撃沈事件の概要を思い返す。

三井が乗る巡視船「らいじん」が、不審船を発見したのは、午前七時頃——東シナ海の九州南西の海域でのことだった。

当初は、国際的に定められた手順に則《のっと》り、旗りゅう信号、発光信号、音声警告などを使い停船命令を出した。

不審船はこれに対して、一切の応答をしなかった。

海上保安庁の本部は、そのまま追跡を継続せよという指示を出した。

しかし、その一時間後、巡視船「らいじん」は、備え付けの二〇ミリの多銃身機銃による攻撃を行い、不審船を撃沈した。

「臭いな」

柴崎は、信号で足を止めて呟《つぶや》いた。

こうやって改めて思考を巡らしてみると、その不自然さが浮き彫りになる。

三井は、不審船から受けた攻撃に対し、反撃をしたのだと主張。その証言を裏付けるように、「らいじん」には複数の着弾痕《ちゃくだんこん》が残っていた。さらに、事件後に引き揚げた不審船からは、麻薬や銃器などが発見され、中国からの密輸船であったことが明らかになった。

だが、中国はこれに反発。密輸船であったというのは、日本政府のねつ造であり、攻撃も海上保安庁が先だったと主張したのだ。

これに対して、日本政府は、今に至るも正式なコメントを発表せず、うやむやにしている。

唯一《ゆいいつ》、三井だけは命令違反ということで、懲戒免職処分になった。

日本政府がうやむやにした理由は推測できる。中国と日本は事件当時、東シナ海沖でのガス田共同開発計画を進行中だった。

関係がこじれ、計画が頓挫《とんざ》することを怖《おそ》れたのだろう。

中国も、必要以上に責任を追及してくることはなかった。裏で何らかの政治的な取引が行われたのかもしれない。

三井は生《い》け贄《にえ》にされたのだ。

信号が青に変わり、歩き出そうとしたところで、誰かに見られているような視線を感じた。

辺りに視線を走らせると、自動販売機の脇《わき》に立っている男と目が合った。年齢は五十代の半ばくらいだろう。白髪の髪を後ろに撫《な》でつけ、浅黒い肌をしていた。太い眉《まゆ》の下にある目は、冷たい光を帯びている。

「柴崎功治警部ですね」

男は、ゆっくりと歩み出て柴崎に一礼した。

返事をしながら、柴崎はすっと足を引いて身構えた。

「そうですが……」

「海上保安庁の仙道《せんどう》と申します」

男は、柴崎に身分証を提示した。

柴崎は、それを手に取る。〈海上保安庁警備救難部国際刑事課〉という部署名と、仙道昭伸《あきのぶ》という名前が確認できた。

海上保安庁の国際刑事課といえば、密輸や密航、海賊対策をメインの業務にしている。それが、所轄《しょかつ》の組織犯罪対策課の刑事である自分に、どんな用件があるのか——

柴崎は疑問を抱きながら身分証を返却した。

「金城と三井の件で、幾つかお訊《たず》ねしたいことがあります」

仙道の言葉の一つ一つは丁寧なのだが、なぜか相手を威圧するような響きがあった。どこから情報を入手したかは分からないが、彼らも三井と金城がつるんでいることを知っているようだ。

「質問があるなら、上を通して下さい」

柴崎は、注意深く仙道の表情を窺《うかが》った。

「公式の用件ではないんです。それ故《ゆえ》に、敢《あ》えてこのような場所で声をかけさせて頂きました」

「公式ではない……と、いうことは、断ることもできるんですよね」

「もちろんです」

仙道の表情は、なぜか自信に満ちていた。柴崎が同意の返事をすると確信しているようにも見える。

彼の誘いに乗るのは、掌《てのひら》で踊らされているようで癪《しゃく》だが、山縣の件もある。三井についての情報は喉《のど》から手が出るほどに欲しい。

「分かりました」

柴崎は、迷った末に返事をした。

「そう言っていただけると信じていました。どうぞこちらに」

仙道は、路肩に停車している黒のセルシオの後部座席に乗り込むように促した。

柴崎、次いで仙道が乗り込むと、運転席のキツネ目の男が大きく頷《うなず》いたあと、車をスタートさせた。

「実は、我々は三井隆一を捜しているんです」

車が公園通りから、首都高に入ったところで、仙道が口を開いた。

「なぜです？」

「彼は、命を狙《ねら》われています」

「命を……」

柴崎は苦労して、動揺を呑《の》み込んだ。

三井の命が狙われている――それは、志乃の見た夢と一致する。

「詳しくはお話しできませんが、彼はある重要なデータを盗み出しました。それを狙っている者たちがいるのです」

「なぜ、それを私に？」

柴崎は喘《あえ》ぐように訊ねた。

「柴崎警部なら、三井の居場所をご存知かと思いまして……」

仙道はニヤリと笑みを浮かべた。全《すべ》てお見通しだ――そう言われているようだった。

一度は揺らいだ心を、柴崎は必死に押さえつけた。

「なぜ、知っていると思うんですか？」

さらに柴崎が訊ねた。

仙道は、その質問を予《あらかじ》め想定していたらしく、うんと大きく頷いた。

「柴崎警部は、昨晩三井と接触したと聞きました」

「なぜそれを？」

三井を目撃したことは、一緒にいた松尾と、山縣しか知らないはずだ。

柴崎の質問から逃げるように、仙道は窓の外に目を向けた。

「我々も、独自のルートを持っている……とだけお答えしておきます」

納得できない言い回しだ。

「それで、私にどうしろと？」

「三井の居場所を知りたい。それも、早急にです」

仙道は早口に言った。

「これは、捜査協力の申し出ですか？」

「いいえ」

「違うのですか」

「私は、個人として三井を捜しています」

「個人……」

柴崎は、その言葉を反芻《はんすう》した。

「三井は、私にとって、部下であり友人でもあります。何としても、彼を救いたい。柴崎警部にも、そういう人はいるでしょう」

仙道が眉を下げ、頼りない笑みを浮かべた。

さっきまで高圧的に見えた仙道が、一回り萎《しぼ》んでしまったかのように見えた。

——信じていいのか？

柴崎自身、娘の命を救うために、奔走した過去をもっている。そんな連想から、仙道に対して親近感を抱いていた。

十四

真田は、快調にバイクを走らせていた――。

ザンザスのじゃじゃ馬っぷりに、最初こそ手こずったものの、今はそのクセを理解し、手足のように操れるようになった。

〈まずは、あのビルだ〉

タンデムシートの鳥居が、前方を指差しながら言った。

イヤホンマイクにつないだ無線で、タンデムシートにいても、クリアな音声でやり取りが出来るようになっている。

「了解」

真田は、バイクを減速させ、指定されたビルの前で停車させた。

〈そのビルに空き室はありません。狙撃《そげき》をするとしたら、屋上だと思います〉

ヘルメットを脱ぎ、バイクから降りるのと同時に、イヤホンマイクから志乃の声が聞こえてきた。

志乃は、山縣、公香と一緒に、現場である橋に先行して到着している。

「分かった」

志乃は、足が不自由な自分が、チームの足を引っ張っていると過剰に負い目を感じている節がある。

だが、その分、情報分析の速さと正確さは折り紙付きだ。

もう少し、自信を持てばいいのに――と思うが、人の気持ちは、そう簡単にいかない。

〈真田君〉

「何だ？」

〈相手は武器を持っている可能性が高いわ〉

「分かってる」

〈気をつけて〉

志乃は、わずかに震える声で言った。

真田を送り出すとき、志乃はいつもこんな声を出す。その声を聞く度に、真田は後ろ髪を引かれるような気分になる。

「ああ」

真田は迷いを断ち切るように応《こた》えると、ビルのエントランスに入った。

すぐ後から鳥居もついてくる。

「そろそろ、彼女の想《おも》いに応えてやったらどうだ？」

エレベーターに乗り込んだところで、鳥居がポツリと言った。

珍しく楽しそうに表情を緩めている。

「何の話だ？」

真田は、エレベーターの壁に背中を預け、口を尖《とが》らせた。

「分かってるだろ」

「だから、何の話だって」

惚《とぼ》けてはみせたものの、本当は分かっていた。

今まで、志乃をそういう対象として見たことはない。いや、正確には見ようとしていなかった。

彼女は家族みたいなものだ。惚《ほ》れた腫《は》れたといった感情を持ち込みたくない。

「大切な人は、ある日突然いなくなる。そうなってから後悔しても手遅れだ……」

鳥居の言葉は、胸の一番深いところに突き刺さった。

彼は、六年半前に最愛の妻を亡《な》くしている。ある事件に巻き込まれたのだ。そして、鳥居はそれを助けることができなかった。以来、彼は後悔を背負いながら生きて来た。

そんな彼の言葉だからこそ、重みが出る。だが――。

「今は、そんな話をしている場合じゃないだろ」

真田が言い終わると同時に、エレベーターは最上階に到着した。

「お前の恋人になる人は、大変だよ」

鳥居が口にしながらエレベーターを降りる。

「試してみるか？」

真田もそのあとに続く。

「そういう趣味はない」

「だから試すんだよ」

「まったく。お前という奴《やつ》は……」

鳥居は呆《あき》れたように言うと、階段を上り、屋上へと通じるドアの前に立った。

「準備はいいか？」

鳥居がドアノブを回したが、鍵《かぎ》がかかっているらしく開かない。

「任せとけ」

真田は鳥居を押しのけるようにドアの前に立つと、ポケットからピッキングツールを取り出し、鍵穴に差し込んだ。

この鍵はシリンダータイプのものだ。開けるのに、それほど手間はかからない。

「元警察官の前で、よく平気でそんなことができるな」

鳥居がぼやいた。

いちいちごもっともな意見だが、今はそういうことを気にしている余裕はない。

「これ、教えてくれたのは、元警察官の山縣さんだぜ」

「呆れた上司だな」

「同感だね」

喋《しゃべ》っている間に、鍵が開いた。

真田は鳥居と頷き合ってから、ドアノブをゆっくり回し、身を屈《かが》めて一気に外に飛び出した。

空調の室外機が密集する屋上は、サウナと変わらない暑さだった。

素早く視線を走らせたが、そこに人の影はない。

「ここには、いないらしい」

緊張を解いて口にする。

「そうだな」

鳥居は言いながらビルの縁まで歩みを進める。

真田もその後に続いた。

すでに陽が暮れかけていた。街全体が、オレンジ色の光に染まっている。遠くに、三井が撃たれるであろう緑の橋架の橋が見えた。

平和そのものだ。今から、誰かの命が奪われようとしているなど、誰も想像していないだろう。

だが、あの橋の上で三井は殺される。

「時間がない。次に行こう」

真田は、鳥居に声をかけて歩き出した。

十五

志乃は、ハイエースの後方で、祈るような思いで無線に耳を傾けていた。

待っていることしかできない、この時間が嫌いだった。息が詰まるような気がする。

〈このビルは違った〉

しばらくして、無線から真田の声が聞こえて来た。

「無事なんですね」

志乃は、真っ先にそれを訊《き》いた。

どんなに止めようと、真田は無茶をする。真《ま》っ直《す》ぐに突っ走ってしまう。それが彼の魅力の一つだが、待っている方はたまったものではない。

〈当然だ〉

真田の明るい声が返って来た。こちらの心配など、気にも留めていない様子だ。

志乃は、ぎゅっと唇を噛《か》んでから、ノートパソコンを素早く操作する。

「次は、そこから二ブロック先に行ったところにあるホテルです。平日ですから、空き室はかなりあるはずです」

〈全部当たっていたら、時間がないな〉

無線から、鳥居の声が聞こえてきた。

待ち合わせの時間まで、あと一時間足らずだ。彼の言うように、何十とある客室を、一つ一つ訪ね歩いているほどの余裕はない。

「おそらく、客室ではないと思います」

〈なぜだ？〉

「さっき、ホテル側に確認を取りました。客室の窓は、全部アーム式になっています」

窓は転落防止のために、アーム式で全開できない仕組みになっている。それでは、狙撃するためのベストポジションを維持することはできない。

〈さすが志乃。仕事が早いね〉

すぐに真田の声が返って来た。

そう言ってもらえるのは嬉《うれ》しい。だが、同時に悔しくもなる。もし、自分の足が自由に動くなら、真田と一緒に飛び回るのに――。

「あたしには、これくらいしかできませんから……」

声に力が入らない。

〈現場に着いたら連絡する〉

「お願いします」

志乃は、会話を終えると同時に、低い天井を見上げた。また、不安の波にのまれながら、連絡を待つだけの時間が来るかと思うと、気が滅入《めい》ってしまう。

浮気調査などのときは、それほど心配にもならない。

真田なら、何とかするだろうと思う。今回のように、人の生き死にがかかわっていると、不安は増長する。

「志乃ちゃん。それじゃ身が保《も》たないわよ」

運転席の公香が、心配そうに声をかけて来た。

「え？」

「真田のこと。心配し過ぎ」

「あたしは別に……」

否定はしたものの、図星を指されていたので、その後の言葉が続かない。

そんな志乃を見て、公香は声を上げて笑った。

「好きなのは分かるけどさ、あいつは、ああいう奴だから」

「ち、違います」

「志乃ちゃんて分かり易《やす》いわね」

「本当に、違うんです」

「はっきり真田に言ってやればいいのよ」

「何を……です？」

「だから、好きだって言っちゃえばいいの。で、私のためにも無茶しないでってお願いするわけ」

「そんなことしません！」

志乃は強く否定したものの、カッと顔が熱くなった。

「赤くなってる。かわいい」

公香が、志乃の額を指で突っついた。

志乃は反論することなく、口を固く結び、動かない足に視線を落とした。

真田に対して、特別な感情を抱いていることは、志乃も自覚している。だが、それを口に出したことはない。

叶《かな》わぬ想いだと分かっているからだ。真田とは住む世界が違う。

足の不自由な自分では、真田の足手まといにしかならない。彼から、自由を奪うようなことはしたくない。

「そんなんじゃありません」

心なしか、声が沈んでしまった。

「もうちょっと自信もったら。真田は、志乃ちゃんを頼りにしてるんだから。もちろん、私たちも」

公香は優しい笑顔をみせた。

心遣いは嬉しいが、自分の意思に反して、気持ちはネガティブな方向に引っ張られてしまう。

話が一段落ついたところで、山縣の携帯電話に着信があった。

——三井からかもしれない。

もしそうなら、この場所に来ないようにさせれば、当面の危機は回避できる。志乃は、息を殺して山縣の電話が終わるのを待った。

「柴崎君からだ。近くに来ているらしい」

こちらの空気を察していたらしく、電話を終えた山縣が説明を加えた。

「そうですか……」

「柴崎君に、会って来る」

山縣はそう言うと、助手席のドアを開けた。

「ねえ、もし真田たちが、狙撃手《そげきしゅ》を見付けられなかったら、どうするの？」

公香が、身を乗り出すようにして声をかけた。それは、志乃も知りたかった。

優秀な策士である山縣は、常に失敗を想定して二重、三重に作戦を練っている。

今回に限っては、狙撃手の捜索に失敗した場合のことは、打ち合わせていなかった。

「逃げろ」

短く言った山縣の言葉には、悲壮な覚悟が窺《うかが》えた。

志乃と公香には「逃げろ」と言っているが、山縣自身にそのつもりはない。一人でどうにかするつもりだ。

「分かったわ」

返事をしたのは、公香だった。

彼女とて、山縣の真意が分からぬわけではないだろう。それなのに——。

「頼むぞ」

山縣は、それだけ言い残して、橋に向かって歩いて行った。

「公香さんは、本当に逃げるつもりですか？」

志乃は、山縣の背中を見送りながら公香に訊《たず》ねる。

「山縣さんの頑固さは、志乃ちゃんだって知ってるでしょ。ああでも言わなきゃ、聞かないわよ」

「じゃあ……」

「山縣さんを置いて、逃げるわけないでしょ」

艶然《えんぜん》とした公香の微笑《ほほえ》みに、志乃はほっと胸を撫《な》で下ろした。

十六

柴崎は、川沿いの公園にあるベンチに腰を下ろしていた。

すでに辺りは闇《やみ》に包まれている。

コンクリートの壁に挟まれた黒い川面《かわも》に、ビルの灯りが反射して、幻想的な光景を作り出していた。

視線を移すと、公園から川に階段が伸びていて、小型のボートが二艘《そう》停泊していた。

こうやって改めて見ると、不思議な光景だと思う。

「わざわざ、すまないな」

ゆっくりと歩いて来た山縣が、柴崎の隣に腰を下ろした。

いつもより、皺が深くなっているような気がする。肉体的な疲労というより、気持ちの部分が大きいのだろう。

「いえ、こちらこそ……」

「それで、何かあったのか？」

背中を丸めた山縣が、柴崎を見やった。

柴崎は一つ頷《うなず》いてから、海上保安庁の職員である仙道との経緯を説明した。

三井はあるデータを盗み出したことにより、命を狙《ねら》われていて、仙道たちはそれを救おうとしている。

「彼らに、協力を仰ぐというわけか……」

すぐに事情を察したらしく、山縣が鼻の頭を撫でるようにしながら言った。

「ええ。狙撃されるのだとしたら、山縣さんたちだけで対抗するのは、無理があります」

「そうかもしれん。だが、信頼できるのか？」

その質問に、柴崎は肝を冷やした。

「分かりません。ですが……」

柴崎は頭を振った。

仙道と話したのは、ほんの短い時間だ。それだけで判断するのは難しい。だが、事態は急を要する。山縣たちを守るためには、信じるしかなかったというのが本音だ。

柴崎は、仙道に山縣が三井と面会する予定であることを話した。

今ごろは、三井を警護するために仙道たちが動いていることだろう。

「丸腰の探偵だけで、狙撃手に立ち向かうよりは、少しはマシか……」

呟《つぶや》くように山縣が言った。

「ええ」

「正直、私も迷っていた」

「山縣さんがですか？」

意外な言葉だった。

山縣は、自分の考えに自信を持っているのだと思っていた。その上で、三井を守るために行動している——と。

「三井は助けたい。だが、こっちは丸腰だ。真田たちに万が一のことがあったら、死んでも死にきれない。ついさっきまで、作戦を中止しようかと思っていた」

「そうでしたか……」

柴崎は、川に映るネオンに目を向けた。

山縣は命のやり取りに、真田たちをかかわらせたくないと、警察を辞め、探偵業を始めた。

だが、それでも山縣の周りには、いつも危険がつきまとう。

その要因となっているのは、志乃が夢で予見する人の死だ。それが磁力となって、様々なトラブルを引き寄せる。

志乃の予知夢など、無視してしまえばいいのだが、山縣にはそれもできない。ジレンマを抱えたまま、動き続けるしかないのだ。おそらく、彼らに安息の日は訪れないだろう。

「柴崎。すまないが、真田たちを守ってやってくれ」

山縣は哀《かな》しい目をしていた。

まるで、今から死にに行くような顔をしている。

「できるだけのことをします」

柴崎は、大きく頷いた。

——彼を救いたい。柴崎警部にも、そういう人はいるでしょう。

さっき仙道から言われた言葉だ。

柴崎が、仙道を信じてみようと思うきっかけにもなった。

仙道が三井を救いたいと思うように、柴崎にも救いたいと思う人物がいる。それが、山縣だ。

「頼む」

それだけ言い残すと、山縣は腰を上げ、ゆっくりと歩いて行った。

柴崎は、その背中を黙って見送った。

「今のが、三井の友人という方ですか?」

　声をかけて来たのは、仙道だった。

　どうやら近くで監視していたらしい。あまりいい趣味とはいえないが、この緊急事態では仕方ない。

「ええ」

「探偵と言っていましたが……」

「元は警視庁の防犯部にいました。かつての上司でもあります」

「そうですか」

　仙道は山縣の去っていった方向を見やった。

　その目には、山縣に似た引力が宿っているようにも思えた。

「それで、状況は?」

　柴崎が訊ねると、仙道は表情を引き締めた。

「すでに、橋の付近に何人か控えさせています。三井が現われた段階で、速やかに確保することになっています」

　仙道は、さっきまで山縣が座っていた場所に腰を下ろした。

　狙撃手を捜している真田たちと、三井の保護に回る仙道の仲間たち。奇《く》しくも二段構えの作戦になった。

本来なら、狙撃手の捜索を仙道たちに任せた方がいいのだが、そのためには、志乃の夢の話をしなければならない。それは、到底信じてもらえることではない。

もどかしさが、柴崎の心を支配した。

「辛《つら》いですね」

仙道が、嘆くように言った。

「何がです？」

「待つだけというのは……辛いです」

柴崎は、その言葉に頷いて答えると、緑の橋架の橋を見上げた。

十七

「気を抜くなよ」

ホテルの屋上へと向かうエレベーターの中で、鳥居が言った。

「分かってるよ」

真田はふっと息を吐き、自分の頬を叩《たた》いた。

相手はライフルを持っている。鳥居の言う通り、気を引き締めないと命はない。

「おれなら、狙撃地点として、この場所を選ぶ」

エレベーターを降り、廊下を歩きながら鳥居がポツリと言った。

「何でだ？」

「まず一つは、屋上が広い。狙撃ポイントに融通が利《き》く」

「なるほど」

このホテルは、横長の構造をしていて、他のビルと比べてかなり広い。狙撃ポイントを決めるのに、ある程度の自由が利くということになる。

「それと、不特定多数の人間が出入りしているから、逃亡が楽だ」

「確かにそうだな」

以前に、狙撃事件に巻き込まれたときも、ホテルの屋上を利用していたことを思い出した。

様々な条件が揃《そろ》っているということだろう。

話をしているうちに、屋上へと通じるドアの前に到着した。

「待て」

ドアノブに手を伸ばそうとした真田を、鳥居が制した。

「何だよ」

「よく見てみろ」

鳥居が、ドアノブを指差す。

目を凝らすと、ドアノブに細い針金のようなものが巻き付けてあるのが見えた。

その針金は壁を伝い、柱の脇《わき》にあるコンセントにつながっていた。

「何だこれ」

「触った瞬間に、電気が流れる。即席のブービートラップだ」

鳥居が声のトーンを落とした。その表情から緊張の色が窺《うかが》える。

わざわざブービートラップを仕掛けているということは、屋上には入って欲しくないということだ。

「ここが本命だな」

「おそらく」

「早速突入と行きますか」

真田は肩を回して準備を整える。

仕掛けが分かっていれば、怖がることは何もない。コンセントから針金を抜いてしまえばそれで終わりだ。

「そんなだから、君は余計なトラブルに巻き込まれるんだ」

鳥居が呆《あき》れた調子で言う。

「何だと？」

「ムキになるな。さっきも言ったが、向こうは銃を持っているんだ。しかもホテルの屋上は広さがある。距離を取られたら勝ち目はない」

「じゃあ、どうすんだよ」

「向こうから、出て来てもらえばいい」

――どうやって？

真田が質問する前に、鳥居は火災報知器のボタンを押した。

同時にけたたましい警報音が鳴り響いた。

こうすれば、騒ぎを聞きつけて、ホテルの従業員がすぐに飛んで来る。狙撃手《そげきしゅ》としては、逃げるしかなくなるというわけだ。

「なるほど」

「少しは、頭を使え」

「うるせぇよ」

真田は、言いながらドア脇の壁に背中を付けて待機する。

鳥居は素早く柱の陰に身を隠した。

それとほぼ同時に、ドアが開いて男が姿を現わした。

角刈りでエラの張った四角い顔をした大柄な男で、肩からライフルのケースらしきものを担《かつ》いでいた。

真田は、素早く男の前に躍り出ると、その鼻っ柱に右の拳《こぶし》を叩き込んだ。

不意打ちを食らったかっこうになった男は、仰《の》け反《ぞ》るようにして尻餅《しりもち》をつく。それを見るやいなや、脇から飛び出して来た鳥居が、男の担いでいたライフルを奪い取った。

男は、舌打ちをしながら這《は》うように、逃げようとする。

真田は、それを見逃さず、男の腹を蹴《け》り上げた。

「うっ……」

男が呻《うめ》きながら、真田を睨《にら》み付ける。

なかなか根性は据わっているらしい。だが――。

「逃がさねぇよ」

真田は、勝ち誇った笑みを浮かべながら男を見下ろした。

「君たち何をしている？」

声に反応して振り返ると、ホテルの従業員が階段を駆け上がって来るところだった。
「真田！」
鳥居が叫んだ。
しまった――気付いたときには遅かった。
男は、真田が振り向いた隙《すき》に立ち上がり、廊下を走り出していた。
「逃がすかよ！」
真田は言うが早いか、廊下を蹴って走り出した。
男は、エレベーターに飛び乗る。必死にボタンを押すが、すぐに扉は閉まらない。
「捕まえた」
真田は閉まりかけていた扉を、両手でこじ開ける。
男と目が合った。
追い詰められているはずの男が、ニヤリと口許《くちもと》を歪《ゆが》めた。
男が懐《ふところ》から拳銃《けんじゅう》を抜き、真田の眼前に突きつけた。
――しまった。
真田が反射的に上体を反らすのと、男が引き金を引くのは、ほぼ同時だった。
乾いた破裂音を、真田は他人事《ひとごと》のように聞いた。

一瞬の静寂――。

気がついたときには、仰向《あおむ》けに倒れていた。

耳鳴りはしたが、出血はない。どうやら弾は外れたらしい。

安心したのも束《つか》の間《ま》、男が、銃口とともに真田の顔を覗《のぞ》き込んだ。冷徹な光を宿した視線に、真田は動くことができなかった。

――ヤバイ！

そう思った刹那《せつな》、鳥居が飛び込んで来て、目にも留まらぬ速さで拳銃を持つ男の手を捻《ねじ》り上げると、そのまま床の上に引《ひ》き摺《ず》り倒した。

「さすが、元ＳＡＴ」

真田は起き上がりながら、感嘆の声を漏らした。

十八

志乃の視線の先には、山縣の姿があった。

ハイエースを橋のたもとに停車させ、そこから十メートルほど先にいる山縣を監視している。

待ち合わせの時間が近づいているが、今のところそれらしい人物の姿はない。

山縣の背中は、心なしかいつもより小さく見える。

「本当に、来るかしらね」

運転席の公香が、ため息混じりに口にした。

「来ないなら、それにこしたことはないと思います」

志乃は、冗談めかして言った。

だが、それが本音でもあった。予見など外れて、何も起きなければいいと思う。

――志乃の責任じゃねぇよ。

真田には、何度もそう言われたが、どうしてもそれを素直に受け容《い》れることができない。

夢を見る度に、自分が「死」を呼び込んでいるのでは――と思う。

「それもそうね」

公香が肩をすくめてみせた。

〈志乃。聞こえるか？〉

無線から息を切らした真田の声が聞こえて来た。

「聞こえてる」

〈狙撃手を見つけた〉

「本当ですか？」

志乃は、興奮を静めながら言った。

〈ああ。今、鳥居のおっさんが押さえてる〉

「無事なんですね」

〈撃たれたときには、どうなることかと思ったけどな〉

「え？　撃たれたって、どういうこと？」

志乃は口早に呼びかけた。

心臓がぎゅっと締め付けられ、指先が震えた。

〈大丈夫。掠《かす》っただけだ〉

「本当に？」

〈当たり前だろ。重傷だったら、こうやって話してねぇよ〉

確かにその通りだ。そんな当たり前のことも判断できないほどに動揺していたらしい。

安堵《あんど》はしたものの、手の震えは一向に収まらなかった。

「まあまあ、お熱いこと」

公香が無線に割り込んで来た。

〈ヤキモチか？〉

「は？　何で私が、あんたにヤキモチ焼かなきゃいけないのよ」

軽い調子の真田に、公香がムキになる。いつものやり取りを聞き、志乃も少しだけ気分が楽になった。

〈真田。本当に大丈夫なのか？〉

落ち着いたところで、無線に割り込んで来たのは山縣だった。

〈ああ〉

〈頼むから、無茶はするな〉

山縣の声には、叱責《しっせき》するような響きがあった。

彼は、真田の父親代わりでもある人物だ。それだけ、心配しているのだ。

〈分かってるよ〉

山縣の真意を知ってか知らずか、真田がぶっきらぼうに返す。

「何にしても、これで安心して旧友との再会ができるわね」

公香が、楽しそうに言う。

志乃も同感だった。当面の危機は去った。

その実感が、じわじわと胸の内に広がり、志乃は車椅子《くるまいす》の背もたれに身体《からだ》を預けた。

やはり、真田は運命を変える力を持っている。

「良かった……」

志乃は、誰にともなく呟《つぶや》いた。

十九

「いや、危なかった……」

無線を終えたあと、真田はため息混じりに言った。

志乃の手前強がってみせたが、眼前に銃口を突きつけられた瞬間は、本当に死ぬかと思った。

「まったく無茶をする」

鳥居が呆れた声を上げた。

「余計なお世話だよ」

真田はふんと鼻を鳴らして、エレベーター脇《わき》の壁に背中を預けて座った。

正面の柱の前には、さっき銃口を突きつけてきた男がいた。

鳥居が針金を使い、後ろ手に手首を固定してあり、身動きが取れないでいる。ホテルの従業員が警察を呼んだ。間もなく到着する頃だろう。また面倒な事情聴取を受けるかと思うと、正直うんざりする。

「危なく、死ぬとこだったんだぞ」

「こうして生きてるんだから、いいじゃんか」

とは言ったものの、弾丸が掠めた左の側頭部が、じんじんと熱をもった痛みを放っている。

あと数ミリずれていたら、真田はこうして喋《しゃべ》ることはできなかっただろう。

「君は、本物のバカだな」

「バカで結構」

真田は立ち上がり、両手を広げておどけてみせた。

〈今、山縣さんが三井さんと合流しました〉

イヤホンマイクから、志乃の声が聞こえて来た。何とか、無事に旧友との面会を果たしたらしい。

「了解。これで一件落着だな」

真田が言うのと同時に、無表情だった男が微《かす》かに頬の筋肉を動かした。

それは余裕の笑みに見えた。

真田が鳥居に視線を向けると、彼は尖《とが》った鼻に手をやり、何やら難しい顔をしていた。必死に頭を巡らせているという感じだ。

「どうしたんだ？」

真田の質問に答えることなく、鳥居はさっき男から奪ったライフルのケースを開けた。

中に入っていたのは、狙撃用《そげきよう》のライフルというより、自動小銃といった感じのものだった。

「89式自動小銃……」

鳥居が、険しい表情で言った。

「狙撃用のライフルじゃないのか？」

「ああ」

「そんなんで、狙撃なんかできるのか？」

「自衛隊などでは、自動小銃の中で、命中精度の高いものを選別して、狙撃用として使用しているんだ」

「へぇ。じゃあこいつは、自衛隊の関係者ってことか？」

「89式は、自衛隊に標準装備されているものだ。その可能性が高いな」

鳥居は顎《あご》をさすりながら、眉《まゆ》を顰《ひそ》めた。

しばらく、そうしていた鳥居だったが、不意に何かを思いついたらしく目を見開いた。

「どうした?」

真田の問いかけを無視して、鳥居は男に詰め寄る。

「お前だけじゃないな」

鳥居の言葉に、男は答えなかった。

細められた目の奥で、冷たい光を放つばかりだ。

「マズイな……」

鳥居の顔からは、血の気が引いている。

「何が?」

「志乃の見た夢に縛られて、錯覚を起こしていたのかもしれない」

「だから、どういうことだよ」

苛立《いらだ》ちを露《あら》わにする真田の肩を、鳥居が強く摑《つか》んだ。

その目に浮かぶのは、明らかな動揺だった。

「今回の狙撃が、単独犯でなかったとしたら？」

鳥居の放ったその一言で、全《すべ》てを察し、真田は思わず息を呑《の》んだ。

もし、組織的犯行として計画されたのであれば、他にも狙撃手が潜んでいる可能性がある。

今までもそういうことはあった。一度は、志乃の夢が現実となるのを阻止するも、伏兵の登場によって事態が悪化するというケースだ。

「マジか……」

真田は、思わず声を漏らした。

「真田！　行け！」

鳥居が、真田の背中をドンと押す。

不意のことにバランスを崩しながらも、真田はすぐにエレベーターに飛び乗った。

二十

「来たわよ」

公香の声に反応して、志乃は暗視機能付きの、双眼鏡を覗《のぞ》いた。

ゆっくりと、山縣に歩み寄る男の姿が確認できた。引き締まった体つきで、背が高い。顔を正面からはっきりと見ることはできなかったが、それでも夢で見た男であることは確認できた。

「あの人に間違いないです」

志乃が口にすると、公香が頷《うなず》いて手許《てもと》の機器のスイッチを入れる。それと同時に、小型のスピーカーからノイズが流れて来た。

山縣に仕込んだ盗聴器から流れて来る音声だ。

〈久しぶりだな〉

これは、山縣の声だ。

〈あの事件以来だから、一年ぶりか……〉

感慨深そうに言ったのは、三井だろう。体軀《たいく》に似合わず、高い声をしている。

〈そうだな〉

〈あのときは、世話になった〉

〈気にするな。お互い様だ〉

山縣が微かに笑った。

会話の内容からして、不審船撃沈事件のとき、三井は山縣に相談を持ちかけていたようだ。

お互いに困ったときに助け合う。そういった関係だったのだろう。

〈それで、誰かに追われているらしいな〉

山縣が問うと、三井が押し殺した笑い声を上げた。

〈さすがに、情報が早いな〉

〈私は、何の情報も持っていない。ただ、噂《うわさ》を聞いたんだ〉

〈噂？〉

〈お前が、命を狙《ねら》われているという噂だ〉

しばらく沈黙があった。

ここからでは、三井の表情までは分からない。

〈おそらく、その噂は正しい。今日、山縣を呼び出したのは、おれにもしものことがあったとき、頼みたいことがあったからだ〉

三井の声は、その内容に反して、不気味なくらいに落ち着いていた。

〈縁起でもないこと言うな〉

〈おれは、本気だ〉

再び、沈黙があった。

〈頼みとは？〉

声に戸惑いを滲《にじ》ませながらも、山縣が言った。

〈これを……〉

三井が、何かを山縣に差し出したのが見えた。

夢の中でも、同じ光景を目にした。

〈聞こえるか！〉

突然、無線から飛び込んで来た声に、志乃はビクッと肩を震わせた。

真田ではない。鳥居だった。

こんなに慌《あわ》てた様子の鳥居は初めてだ。

「どうしました？」

志乃は無線に呼びかける。

〈狙撃手は、もう一人いるかもしれない。すぐに、二人を保護しろ。真田も、そっちに向かわせた〉

早口に言った鳥居の言葉で、志乃は一瞬、頭の中が真っ白になった。

——狙撃手がもう一人。

その可能性は、最初からあった。だが、志乃が夢で見た光景を阻止することに躍起になり、油断を生み出してしまった。

志乃が改めて橋の上に視線を向けると同時に、雷鳴にも似た銃声が響き渡った。

橋の上で悲鳴が上がり、山縣と三井が身を屈《かが》める。

「行くわよ」

無線を聞いていた公香が、言うなりアクセルペダルを踏んで車を急発進させた。

慣性の法則に振り回されることになった志乃だが、車椅子《くるまいす》のハンドリムにしがみつき、どうにか堪《こら》えることができた。

「山縣さん。今から、回収に向かいます」

〈分かった〉

わずか十メートルほどの距離だ。山縣からの返事が来た頃には、ハイエースは二人のもとに到着していた。

「急いで下さい！」

志乃は、勢いよくスライドドアを開けた。

山縣が三井を連れて、車の中に入ろうとする。

その刹那《せつな》、志乃の視界の片隅に、川に停泊しているボートが映った。そのボートの上に、ライフルを構えた男の姿があった。

そして、その銃口が火を噴いた――。

二十一

一発目の銃声のとき、柴崎は、何が起きたのか理解できなかった。

ただ、反射的に立ち上がっただけだ。

橋の上で起きる混乱を見て、ようやく事態を把握した。

何者かが、発砲したのだ――。

真田たちが、狙撃手を発見したという報《しら》せを聞き、完全に気が緩んでいた。伏兵がいることは充分に想定できた。

――どこだ？

視線を走らせた柴崎は、川沿いに停泊した、エンジン付きのボートの上に、ライフルを構える男の姿を見つけた。

さっきまで、ホームレスだと思っていた男だ。

構えているのは、89式自動小銃に、暗視スコープを装備したものだった。

「動くな！」

柴崎が懐《ふところ》から拳銃《けんじゅう》を抜き、男に向かって叫ぶのと、二発目の発砲がほぼ同時だった。

男は、二発目を撃ち終えたあと、すぐに柴崎の存在に気づき、ボートのエンジンに手をかける。

「止まれ！」

柴崎は、叫びながら男の足に狙いを定めた。

だが、男は動きを止めることなく、ボートのエンジンを回した。

ボートで逃走されては、追いかける術《すべ》がなくなる。引き金に指をかけ、力を込めようとしたところで、肩を摑まれた。

「よせ！　一般市民に当たる！」

仙道だった。

彼の叱責《しっせき》により、柴崎はいくらか沸き上がる熱を押さえることができた。

ボートは、エンジン音を響かせながら、川を下り始めた。

「クソッ！」

柴崎は悔しさで地面を蹴《け》った。

「今のを見たな。海に出たら終わりだ。絶対に逃がすなよ」

仙道が、無線に向かって鋭く指示を飛ばす。

柴崎は大きく深呼吸をしながら、拳銃をホルスターに収めた。

「大丈夫。逃げられはしません」

仙道が改めて柴崎に言った。

だが、その声はほとんど柴崎の耳に入ってはいなかった。

——山縣さんは？

柴崎は、橋に目を向ける。

さっきまで、山縣たちがいた場所に、メタリックブルーのハイエースが停まっていて、その周りに人が群がっている。

ここから状況を確認するのは難しい。

柴崎は思うのと同時に、仙道を振り切るようにして走り出していた。

人混みをかき分け、必死に走る。

ハイエースの手前まで来たところで、頭から血を流し、倒れている人の姿が見えた。

——なぜ？

疑問とともに、柴崎の心は言いしれぬ無力感に支配されていた。

呆然《ぼうぜん》とする柴崎の横を、猛スピードでバイクが駆け抜けていった——。

二十二

バイクを走らせていた真田は、遠くで銃声を聞いた。

――嘘《うそ》だろ。

真田は、スロットルレバーを全開にして、さらに加速する。

橋が見えて来たところで、二発目の銃声が轟《とどろ》いた。と同時に、無線につないだイヤホンマイクから、耳をつんざく悲鳴が聞こえた。

この声は公香だ。

「公香、どうした！　何があった！」

真田の疑問に返答はなく、スピーカーが割れるほどの悲鳴だけが響いている。

――もっとだ。もっと速く。

真田は、必死に念じながらバイクを走らせる。

減速せずに橋に進入する。メタリックブルーのハイエースが見えて来た。

真田は、後輪をドリフトさせ、白煙をまき散らしながらバイクを停車させると、そのままバイクを乗り捨て、ヘルメットを脱ぎながら、ハイエースに駆け寄る。

人混みをかき分けながら駆け寄る真田の目に飛び込んで来たのは、信じられない光景だった。

志乃が倒れていた。

人形のようにぐったりとしている。

額の右上から、真っ赤な血が流れ出し、彼女の白い肌を染めていた。

——なんだこれ？

真田は、目の前の現実を受け容《い》れることができなかった。

「真田！」

志乃に寄り添うようにしていた公香が、声を上げる。

今まで見たことがない悲痛な面持ちだった。

真田は、公香を押しのけ、志乃の傍らで膝《ひざ》を落とした。耳鳴りがした。動悸《どうき》が収まらない。

「志乃……」

呼びかけたが、彼女がいつものように微笑《ほほえ》むことはなかった。

息をしているのかすら分からない。

「嘘だろ」

真田は志乃の手を握った。

冷たい手だった。握り返して来ることもない。

「志乃……」

声が震えた。

――志乃が死ぬはずがない。

心の中で強く否定するほどに、不安の波が大きく広がっていく。

「何だよこれ……何なんだよ……」

真田は、握り締めた志乃の手を、自らの額に押し当てた。

その途端、真田の中で何かが崩れたような気がした。

――嫌だ。絶対に認めない。

真田は、その想《おも》いを込めて、力の限り叫んだ。何を言っているのか、自分でも分からなかった。

遠くで、救急車のサイレンの音が聞こえた――。

第二章　Turning Point

一

柴崎は、病院の待合室にいた。

通常の診療時間はすでに終了している。人の姿はほとんどない。

ゆっくりと、歩いて来る人影が見えた。

山縣だった。その顔には疲労の色がはっきりと窺《うかが》えた。足取りも重く、背中に後悔を背負っているのが分かった。

怖《おそ》れていた最悪の事態が起こったのだ。

「力及ばずに、すみません」

柴崎は、隣に山縣が座るのを待ってから口にした。

「柴崎のせいではない。私が、危険に巻き込んだんだ……」

膝《ひざ》の上で握った山縣の拳《こぶし》が震えていた。

おそらく、彼の心の内にあるのは、激しい怒りだろう。そして、その矛先は自分自身に向けられている。

「中西志乃の容態は？」

しばらくの沈黙のあと、柴崎は訊《たず》ねた。

彼女は頭部に弾丸を受けていた。最悪の状況も考えられる。

「弾丸は、頭蓋骨《ずがいこつ》を沿うように滑って、後方に抜けた。脳にダメージはない。何とか、一命は取り留めたよ」

「それは何よりです」

柴崎は、ほっと胸を撫《な》で下ろした。

弾丸の入射角が良かったのだろう。正面から受けていれば、即死だったはずだ。

「だが……意識が戻らないんだ……」

頼りなく眉《まゆ》を下げた山縣は、今にも泣き出しそうなほどだった。

彼にとって、ファミリー調査サービスの面々は、我が子も同然だ。その心情を考えると、胸が痛い。

「きっと大丈夫ですよ」

柴崎にできるのは、月並みの慰めを口にすることだけだった。

「そうだといいんだが……」

山縣は大きく息を吸い込んだ。

再び、沈黙が流れた。しばらくそうしていると、歩いて来る人の姿が目に入った。

仙道だった——。

「お初にお目にかかります。海上保安庁警備救難部の仙道です」

山縣の前まで足を運んだ仙道が、深々と頭を下げる。

上目遣いに山縣が仙道を見上げた。その目には、殺気にも似た冷たい光を宿していた。

「初めてじゃないでしょう」

山縣は低く唸《うな》るような声で言った。

一瞬、驚いた顔をした仙道だったが、やがて諦《あきら》めたようにため息を吐《つ》いた。

「気付いていらっしゃいましたか……」

ここまで来て、ようやく柴崎にも事態が呑《の》み込めた。

川沿いで山縣と話をしていたとき、仙道は少し離れた場所からそれを見ていた。山縣は、そのことに気付いていたのだろう。

「三井は、どうなったんですか？」

山縣が視線を足許《あしもと》に落としたあと、掠《かす》れた声で訊ねた。

「見失ってしまいました」

仙道が、小さく首を振った。

「一つ教えて下さい」

山縣はゆらりと立ち上がり、正面から仙道を見据える。

仙道は、表情を引き締めてそれを受け止める。

「何です？」

「三井を狙《ねら》ったのは、何者ですか？」

それは、柴崎も知りたいところだった。

時間が差し迫っていたこともあり、流されるままに協力するかたちになった。だが、真実を知らずに、これ以上かかわることはできない。

「言えない……と答えたらどうします？」

「我々には、知る権利がある」

山縣が無表情に言った。

怒鳴ったわけでも、威圧したわけでもない。それでも、柴崎は怖いと感じた。今すぐにでも、仙道を殺してしまいそうなほどの迫力があった。

普段は、無気力の仮面に隠れているが、鬼と畏《おそ》れられた山縣の片鱗《へんりん》だ。

「分かりました。ただし、条件があります」

「この期《ご》に及んで、条件など提示できると思っているんですか？」

柴崎は、押さえていた感情が一気に噴き出し、仙道に詰め寄った。

だが、意外にもそれを制止したのは、山縣だった。

「条件とは？」

山縣が静かに問う。

「我々に協力して下さい」

「言われるまでもなく、落とし前はつけるつもりです」

山縣らしくない発言だった。

それだけ、彼が内包している怒りは強いのだろう。

「場所を変えましょう」

満足そうに頷《うなず》いた仙道は、踵《きびす》を返して歩き出した。

柴崎と山縣は、頷き合ってから、仙道の後に続いた——。

二

——何でこんなことに？

公香は、何度も自分に問いかけてみたが、答えを見つけることはできなかった。

ＩＣＵ（集中治療室）の廊下にあるベンチに座り、数え切れないほどのため息を吐いた。

ガラスで仕切られたＩＣＵの向こうに、チューブや様々な機器につながれ、横たわっている志乃の姿が見えた。

そして、感染防止用の衣服に身を包んだ真田が、ベッド脇《わき》にある椅子《いす》に座り、祈るように志乃の手を握っていた。

見ているだけで、息が詰まる。

病院に入ってから、威勢の良さだけが売りの真田が、すっかり生気を失い、まるで死人のような様だ。

それだけ真田にとって、志乃の存在は大きかったのだ。

それを痛感しているのは、何も真田だけではない。

公香の胸の内にも、ぽっかりと大きな穴が空いている。

志乃は、公香にとって妹のような存在だ。そんな彼女が、この瞬間も死線を彷徨《さまよ》っている。

それを思うと、じわっと目に涙が浮かんだ。

「君のせいではない」

声をかけて来たのは、鳥居だった。

優しい言葉であったはずなのに、なぜか公香の中に芽生えたのは、激しい怒りの感情だった。

「じゃあ、誰のせいなの？」

八つ当たりだと分かっていて、公香は鳥居に詰め寄った。

あのとき、公香が先走って車で迎えに行かなければ、志乃は撃たれることはなかった。それは、紛れもない事実だ。

「誰のせいでもない」

「そんなの、きれいごとよ！」

「そうかもしれない。だが、そのことを私に教えてくれたのは、君たちだったはずだ」

公香は、はっと息を呑んだ。

六年半前に起きた、立て籠《こ》もり事件のとき、鳥居は妻を助けられなかった。

そのことで自分を責め、ずっと苦しみ続けていた。そんな彼だからこそ、言葉にズシリと重みがある。

「ごめんなさい……」

公香は大きく深呼吸をしてから、素直に詫《わ》びた。

「気にするな。こういうときだからこそ、君にしっかりしてもらわないとな」

鳥居がおどけたように言った。

確かにその通りだ。真田は志乃に付きっきりだし、山縣は責任を感じてだんまりだ。

こんなときこそ、自分だけでも、しっかりしなければならない。

「何だか、鳥居さんのイメージが変わったわ」

「イメージ？」

「もっと、陰気臭い人かと思ってた」

「酷《ひど》い言いようだな」

鳥居が、くしゃっと皺《しわ》を寄せて笑った。

意外とかわいい顔をする。

「それで、鳥居さんはどうするつもり？」

しっかりする——とは言ったものの、具体的にどうすべきかの判断ができたわけではない。

今、一番冷静な判断力を持っている鳥居に、意見を聞いておきたいところだ。

「君に従うよ」

「優柔不断な男は、嫌われるわよ」

「私に聞くまでもなく、君自身がどうするかは、決まっているだろ」

言われて、初めて自覚することもある。

今がまさにそうだった。これから、どうするかは決まっている。

「仲間をこんな目に遭わされて、黙って引き下がれるわけないでしょ」

感情が昂《たか》ぶったせいもあり、つい怒ったような口調になる。

「私も、君の意見に賛成だ」

今は鳥居の存在が、頼もしく感じられた。

三

真田は志乃の手を強く握り、額に押し当て、ただ祈っていた。

彼女が目を覚まし、微笑《ほほえ》みかけることを——。

微《かす》かに繰り返される呼吸の音だけが、唯一《ゆいいつ》の望みだった。

大切な人は、突然いなくなる。死によって奪い去られる。そんな当たり前のことは、分かっているはずだった。

父が、そして母が殺されたあの日、真田はそれを痛感していたはずだった。

それなのに、心のどこかに慢心があった。

自分たちは大丈夫だ——と。

ズキッと古疵《ふるきず》が痛んだ。

右の眉尻《まゆじり》から、耳まで真《ま》っ直《す》ぐに伸びる疵だ。

あの日の記憶が、蘇《よみがえ》ってくる。

九年前——真田が中学生だった頃だ。

深夜に物音を聞いた。微かな音だったが、妙な胸騒ぎを感じ、階下に降りて行った。

そこで、目にしたのは、頭を拳銃《けんじゅう》で撃ち抜かれてベッドに倒れている母と、胸と後頭部を撃たれ、床に這《は》いつくばっている父の姿だった。

そして、拳銃を持った黒ずくめの男が二人——。

瞬時に状況を理解した真田は、近くにあった金属バットを手にした。

真田の心を支配していたのは、両親を助けられなかったという自責の念だった。自分がもっと早く気づいていれば——と。

そして、敵《かな》わぬと分かっていながら、拳銃を持った二人の男に突進した。

——ダメ！　逃げて！

耳許で声を聞いた。

反射的に真田は、立ち止まった。そのお陰で、弾丸は頭に命中したが、一命を取り留めた。

あとになって分かったことだが、あのとき聞こえたのは、志乃の声だった。

今、真田がこうして生きていられるのは、志乃がいたからなのだ。それなのに、得意になって、後先考えずに突き進んでいた自分が、いかに愚かな存在だったかを、改めて思い知らされた。

「すまない……」

真田は、絞り出すように口にした。

鼻から目に、つんと熱が突き抜ける。真田は、洟《はな》をすすってから、改めて志乃に目を向けた。

頭に包帯は巻いているが、他は無傷だ。

透き通るような白い肌も、長い睫《まつげ》も、薄く形の整った唇も、初めて会ったときと何も変わっていない。

あのとき、真田は志乃の哀《かな》しげな目に射すくめられ、息をするのも忘れた。穢《けが》れを知美しかったが、同時に、触れれば壊れてしまいそうな脆《もろ》さをもっていた。

らぬ、温室育ちのお嬢様。何の苦労も知らず、地べたを這いずり回る自分たちとは、住む世界が違う。

そんな印象をもったのを覚えている。心のどこかで、妬《ねた》みにも似た感情を抱いていたのかもしれない。

だが、彼女を知るうちに、それが誤りであることを気付かされた。

志乃は、自らの運命と、たった一人で闘い続けていた。

夢の中で他人の死を予見するという、呪《のろ》われた運命だ——。

彼女は脆くなどなかった。誰よりも強く、気高かった。だからこそ、悩み、苦しんでいたのだ。

自らが予見した他人の死を救おうと、心の痛みに堪えながら、向かい合っていたのだ。

——何があっても、守ってやる。

やがて、真田はそう思うようになっていった。

だが、実際はこのざまだ。

「おれは、どうしたらいい？」

問いかけてみたが、志乃から返事はない。

分かりきっている現実を受け止められず、真田は肩を落とした。ずぶずぶと気分が沈み込んでいく。

志乃は、いつでも真田を笑顔で迎えてくれた。その笑顔があったからこそ、真田は無鉄砲なまでに突き進むことができた。

今の自分は、翼をもがれたも同じだ――そのことを自覚しながら、真田はただ祈り続けた。

四

柴崎は、車の後部座席に座っていた。

車は首都高に入り、レインボーブリッジ方面に向かっている。そこが目的地というわけではない。

会話を聞かれることを怖《おそ》れ、巡回しているといった感じだろう。

車を運転するのは、前回と同様、キツネ目の陰湿な男だ。助手席には、仙道が座っている。

隣に座る山縣は、無表情を装《よそお》っているが、その裏側には、熾烈《しれつ》な怒りを宿しているのがありありと分かった。

「今日、三井を狙撃《そげき》したのは、おそらく我々の同僚です」

仙道が言った。

「どういうことです？」

柴崎は、すぐに質問を返した。

「巨大化した組織を、一枚岩にするのは困難です。結局は、思想や方針という名目のもと、派閥に細分化されてしまう。政治の世界や警察でも、同じことが起きているでしょう」

それに関して異論はなかった。

政治に政党があるように、警察内部でも、派閥は存在する。意見の食い違いから、捜査方針などで対立することは、日常茶飯事だ。

「あなた方の中に、どういう食い違いが生じたのですか？」

「我々としては、三井を確保したい。だが、それを快く思わない連中もいる。彼らは、三井を殺害することで、事件を闇《やみ》に葬《ほうむ》ろうとしている」

仙道が、静かに首を左右に振った。

「どういうことです？」

「三井は、海上保安庁から、あるデータを盗み出しました」

「データ……」

柴崎は、反芻《はんすう》する。

現在の日本において、命を狙《ねら》われるほど重要なデータがあるとは、到底思えない。

「不審船撃沈事件の映像データですね」

答えたのは、山縣だった。鋭い眼光が仙道を捉《とら》える。

仙道は、それに微笑みを返す。

「さすがですね」

「しかし、映像は無いということでしたよね」

柴崎は、すかさず口を挟んだ。

それが政府の公式発表だったはずだ。それ故《ゆえ》に、事件はうやむやになったのだ。

「一般に流通している情報が、必ずしも正しいとは限らない。政治とは、そういうものです。似たような事例は、腐るほどあるでしょう」

柴崎は、怖いと思いはしたが、否定できないことも知っていた。

「そこには、何が映っているんですか？」

「真実です」

「真実？」

「ええ。あの不審船の事件で、三井の乗っていた巡視船は、自動小銃やＲＰＧの攻撃で、甚大《じんだい》な被害を受け、乗員一名が死亡しています」

「何ですって？」

柴崎は、驚きのあまり身を乗り出した。

やはり先に攻撃を仕掛けたのは、不審船の方だった。そればかりか、乗員が死亡していたという事実も明かされていない。

「そう驚くことでもないでしょう」

仙道はさらりと言ってのけた。

「なぜ、政府は隠したんですか？　日本は被害者なんですよね」

「高度な政治的判断……とでも言っておきましょう」

「東シナ海の、ガス田共同開発があったからですね」

再び山縣が口を開いた。

仙道が沈痛な面持ちで頷《うなず》いてみせる。

「不審船は中国の密輸船でした。しかし、ことが公《おおやけ》になった以上、中国としては、黙っているわけにはいかない。向こうは、反日政策をとっていますからね」

「中国側からしてみれば、そうかもしれませんが、日本は被害者です。証拠映像があるなら、それを主張すれば……」

「もちろん、そうです。しかし、中国と事を荒立てれば、十年越しのガス田計画が頓《とん》挫《ざ》する。エネルギー資源をもたない日本にとってみれば、死活問題です」

「それで、うやむやにしたんですか？」

「お互いの国にとって、それが最良の選択だったんです」

淡々と話す仙道だったが、その言葉の端々に怒りの感情が滲《にじ》んでいた。

彼も納得して話しているわけではないのだろう。そして、おそらくは三井も――だから、映像データを盗み出した。

「つまり、三井は映像データを公表しようとしている。あなた方は、それを阻止しようとしている……ということですか？」

「理由は、それだけではありません」

「と、いうと？」

「なぜ、三井が金城《かねしろ》と接触していたと思いますか？」

「それは……」

すぐに答えを返すことができなかった。柴崎にとっても、それは大きな謎《なぞ》だったからだ。

仙道は一度目を閉じ、大きく深呼吸をしてから、封筒を寄越して来た。

中には、古びた小型の貨物船の写真が入っていた。船名の部分は、錆《さ》び付いていて、判読不能なほどだ。

「船の名前は〈劉備《りゅうび》号〉。一昨日、東京湾沖で海上保安庁の巡視船に発見されました」

「密輸船ですか？」

「ええ。金城が所有していたものと思われます」

「積荷は何ですか？」

「多くは、拳銃や自動小銃といった銃器類です」

「そうですか」

柴崎は、ほっと胸を撫《な》で下ろした。

水際《みずぎわ》で食い止めることができたのは幸いだった。

「その後の調べで、楽観視できない事態が発覚しました」

仙道の言葉が熱を帯びる。

「何です？」

「海上保安庁に拿捕《だほ》される前に、一部の積荷が、別働隊により持ち出されていたことが、分かったんです」

「それが、三井の仕業だと？」

山縣が絞り出すように言った。

信じたくない——その思いを、無理に心の奥底に押し込んでいるのが分かる。

「その可能性が高いのです」

仙道が頷いた。

「それで、持ち去られた積荷は何だったのですか？」

柴崎のその質問に、仙道はいかにも苦しそうに表情を歪《ゆが》め、そのまま じっと押し黙った。

長い沈黙だった——。

「小型の核爆弾です」

仙道の放った言葉に、柴崎は凍りついた。

「冗談でしょう。核爆弾が密輸されるなんて、あり得ない」

「どうして、そう思うんです？」

「それは……」

「ソ連崩壊後、経済の悪化や汚職の蔓延《まんえん》などから、大量の核兵器が第三国に流出したと言われています。今にいたるも、それらは発見されていません」

「そういった核兵器が、闇で取引されていると?」

柴崎は、声が震えた。

そういう噂《うわさ》があることは知っていた。だが、現実であることを受け容《い》れられなかった。

「その可能性が高いです。現実に、核物質の密輸が相次ぎ、一九九四年、IAEA(国際原子力機関)は核物質密輸防止策の検討に入りました」

「それは、一例ですよね」

「世界で過去十数年間に、摘発された核物質の密輸が何件あったか、ご存じですか?」

柴崎の言葉を遮るように、仙道が言った。

「それは……」

「摘発されただけで、九三年から二〇〇六年の十三年間で千八十件と言われています」

改めて突きつけられた現実に、息苦しさを覚え、柴崎はネクタイを緩めた。

数字としては把握していた。だが――。

「日本では、確認されていません」

「今まで確認されていないから、今後も起こらない。そう言いたいんですか？」

「それは……」

「核の密輸に対して、無防備なのは日本だけです。核兵器など、密輸されるはずがない——という思い込みがあるからです。海に囲まれた日本は、もっとも密輸のし易《やす》い国なんです。誰もそれを自覚していない」

仙道の言葉は熱を持ち、まるで演説をぶっているようだった。

「そうかもしれません……」

柴崎は、仙道の熱に押されるように答えた。

日本は、さしたる根拠もなく、自国に核兵器など密輸されるはずがないと考えている。ついさっきの柴崎がそうであったように——。

「柴崎警部が想像しているより簡単に、核兵器は手に入るのです。これは、紛れもない現実です」

仙道が、鋭く言い放った。

柴崎は額の汗を拭《ぬぐ》う。これほどの事態が起きているとは、想像もしていなかった。とんでもないことに、首を突っ込んでしまったようだ。

隣に目を向けると、山縣が腕組みをして低い天井を見上げていた。

しばらく、車のエンジン音だけが響いていた。

「あなた方は、三井を救いたいと言っていましたね」

沈黙を破ったのは、山縣だった。

「そうです。私たちは、三井を確保して、彼から積荷の所在を聞き出すつもりです。しかし、強硬派のグループは、三井を暗殺して事件を闇に葬ろうとしています」

仙道が、押し殺したような声で言った。

「その積荷が、核爆弾だったとして、三井はそれを爆発させるつもりだと思いますか？」

山縣がルームミラー越しに、鋭い視線を仙道に向ける。

「そうでないことを、願うばかりです」

そう言ったあと、仙道は微《かす》かに笑った——。

五

真田が目を開けると、黒く淀《よど》んだ海が見えた。

潮の匂《にお》いがした。

コンクリートの海岸沿いには、貨物船が幾つも停泊していて、赤白に塗装された大型のクレーンがそびえ立っている。

数え切れないほどのコンテナが散在し、その奥には陸屋根式の倉庫が、幾つも建ち並んでいる。

どうやら埠頭《ふとう》にいるらしかった。

「なんで、こんなところに？」

さっきまで、志乃の病室にいたはずだ。

そのあとの記憶がない。目を開けたら、この場所だった。

実体はここにあるのに、ふわふわと宙に浮いているような感覚がする。まるで、夢の中にいるようだった。

「真田君……」

聞き慣れた声がした。

柔らかい響きのする声。待ち焦《こ》がれた声――。

「志乃」

振り返ると、そこに志乃がいた。

驚いたように、焦げ茶色の瞳《ひとみ》を見開き、口に手を当てていた。

長い沈黙が流れた。本当は、言いたいことがたくさんあるのに、いざ目の前にすると、何も言葉が出て来ない。

自分は、ここまで臆病《おくびょう》だったかと自嘲《じちょう》する。

「何で、真田君がここに？」

志乃が息を詰まらせる。

「分かんねぇ。気がついたら、ここにいたんだ」

おどけたように言ったあと、真田は志乃に向かって微笑《ほほえ》んだ。

それに釣られるように、志乃も目を細めて笑った。少女の面影を残す笑顔だ。そうだ、この顔が見たかった。

「真田君」

志乃が、目を潤《うる》ませながら、真田の前に歩み寄った。

足が不自由で、車椅子《くるまいす》のはずの志乃が、自分の足で立ち、真田に歩み寄ったのだ。

「志乃……歩けるのか？」

「うん」

「どうして……」

「たぶん、これはあたしの夢の中だから……」

「志乃の夢？」

すぐに状況が呑《の》み込めなかった真田は、眉《まゆ》を寄せながら、惚《ほう》けたように反芻《はんすう》した。

――これが夢？

「そう。あたしの夢」

「何で、おれが志乃の夢に？」

「分からない。だけど……」

会話を遮るように、汽笛が鳴り響く。

轟音《ごうおん》ともいえるその音は、真田の視界を真っ黒な闇《やみ》に変えた。

――何だ？

混乱している間に、目の前に別の風景が現われた。

同じ港ではあるが、倉庫の中のようだった。暗がりの中、男の姿が浮かび上がる。

椅子に座り、怯《おび》えたように頬の筋肉を引き攣《つ》らせ、落ち着きなく視線を動かしている。彼は、口に猿ぐつわをされ、両手足は椅子に縛りつけられていた。

「大丈夫か？」

真田は、男に声をかけた。

だが、男は何も聞こえていないらしく、真田を見ようともしない。

——なんだこれ。

真田は男に歩み寄り、その身体《からだ》に触れようとした。だが、何の抵抗もなく、男の身体をすり抜けてしまった。

「ダメなの。声は届かない。姿も、向こうからは見えていないの」

言ったのは、志乃だった。

胸に手を当て、哀《かな》しげな目で、男の姿をじっと見つめていた。

その横顔を見て、真田は悟った。

「もしかして、この男は、ここで死ぬのか？」

「たぶん、そう」

震える志乃の声が、痛々しかった。

「志乃……」

真田が声をかけるのと同時に、倉庫の中に靴音が響いた。

ゆっくりと現れた男に、見覚えがあった。

——三井隆一だ。

三井は、椅子に縛りつけられた男の前に立つと、無表情に拳銃《けんじゅう》の銃口を突きつけた。

椅子に縛られた男は、身体をよじりながら必死にもがく。だが、三井はそれを冷ややかな目で見下ろし、何の躊躇《ちゅうちょ》もなく引き金を引いた。

バン！

破裂音が、倉庫の壁に跳ね返り、幾重にも重なった。

椅子に座っていた男は、額に大きな穴を空け、ぐったりとしていた。

ポタポタと床に血が滴《したた》り落ちる。

「てめぇ！」

真田は三井を睨《にら》み付け、吠《ほ》えた。

だが、三井は無反応だった。何ごともなかったかのように、踵《きびす》を返し、倉庫を去って行く。

「ごめんね。真田君。こんなことに巻き込んじゃって……」

志乃が、しゃくり上げるように泣いていた。

――これが、志乃の見ていた夢。

「気にすんな。志乃に会えた」

真田は、志乃の手を握った。

冷たく柔らかい手だった。志乃が、それを握り返して来た。

「お願い。真田君。あの人を止めて……」

志乃が涙に濡《ぬ》れた目を、真田に向けた。

自分が、あんな目に遭いながらも、志乃はまだ他人のことを考えている。見ず知らずの男を救おうとしている。

「分かった」

真田が答えるのと同時に、辺りは一気に闇に包まれた。

フリーフォールに乗ったときのような浮遊感のあと、真田の意識は現実世界に引き戻された。


真田は、水中から息継ぎをするように、はっと目を覚ました。

額にびっしょり汗をかき、右のこめかみにある疵《きず》が、しくしくと疼《うず》くように痛んだ。

志乃の手を握ったままだった。

その白い手は、握り返してくることはなかった。

——夢だった。

昏睡《こんすい》状態の志乃の顔を見て、真田はそれを実感した。

どういう原理かは分からない。だが、死を予見する志乃の夢の中に、入り込んでいたようだ。

殺された男が、誰かは分からない。だが、殺したのは三井だ。

真田たちが助けた人間が、別の人間の命を奪う――皮肉な運命だと思う。

「冗談じゃない」

自然と口をついて出た。

――お願い。真田君。あの人を止めて……。

夢の中で、志乃が残した言葉が頭を過《よ》ぎる。

志乃が撃たれてから、完全に自分を見失っていた。無気力に、後悔ばかりを重ねていた。

だが、夢の中で志乃に会い、自分にできることを見つけた。

「おれが、止めてやる」

真田は志乃の耳許《みみもと》で囁《ささや》くように言うと、ゆっくりと立ち上がった。

六

公香は、病院の待合室で目を覚ました。

夏の強い日射《ひざ》しに目を細め、大きく伸びをした。

「起きたか」

声に反応して、隣に目をやると、鳥居が紙コップのコーヒーを飲んでいた。

「ええ」

「もう少し、寝てていいぞ」

爽《さわ》やかともいえるその横顔に、疲労の色は微塵《みじん》も感じられない。元SATということもあって、こういうことに慣れているのかもしれない。

「山縣さんは？」

あくびを嚙《か》み殺しながら訊《たず》ねた。

「さっき連絡があった。調べたいことがあるから、先に戻ってるそうだ」

「調べたいこと？」

「ああ。詳しい事情は分からない。昨晩、いろいろと動きがあったらしい……」

そういえば、昨晩、柴崎と中座したあと、山縣の姿を見ていなかった。

「海上保安庁の人間と一緒だったらしい」

「何で海保？」

「彼らも、三井を追っているんだろ」

「あ、そうか」

「ただ、三井を狙《ねら》ったのも、おそらく海保の人間だ」

鳥居が、飲み終わったコーヒーの紙コップを握りつぶした。

「何で、そう思うの？」

「使用していた銃だ。あれは、89式といって、自衛隊や海保に制式導入されているアサルトライフルだ」

「密輸品とかじゃないの？」

「89式は、豊和工業という会社が、自衛隊や海保のために製造している。いわば限定品だ」

「なるほどね」

公香は、鳥居の観察眼に感服した。

あれだけ切迫した状況の中にあっても、しっかりとポイントは押さえている。

「何にしても、山縣さんも君と一緒で、頑固だからな。このまま引き下がるつもりはないらしい」

鳥居は、高い鼻に皺《しわ》を寄せて笑うと、丸めた紙コップを、ゴミ箱に向かって放り投げた。

綺麗《きれい》な弧を描き、すぽんとゴミ箱に収まる。

君と一緒で、頑固だから――という言い回しが引っかかりはするが、これで山縣とも目的は一致した。

ただ、山縣は、常々自分たちを危険な目に遭わすまいとしている。志乃が、こんなことになった後だ。一人で全《すべ》てを背負い、単独で行動する可能性は高い。

「急いで、合流した方がいいわね。あの人、頑固だから」

勢いをつけて立ち上がった公香だったが、すぐに思い直した。

「真田は？」

公香が訊ねると、鳥居は、力無く首を左右に振った。

「そっか……」

返事をした公香の網膜に、昨晩見た真田の弱々しい背中が蘇《よみがえ》る。

志乃があんなことになっては、真田は、もう立ち直れないかもしれない――そう思うと、複雑な心境だった。

――いや、違う。

公香は、沈み込みそうになる気持ちを奮《ふる》い立たせる。

真田のためにも、志乃を撃った犯人を引き摺《ず》り出す必要がある。そんで、あいつにも、一発殴らせてやる。

公香が、決意を新たにしたところで、バタバタと走って来る人影が見えた。

真田だった――。

「三井を止めるぞ！」

真田の口調は、荒々しいほどに力強かった。

言葉だけではない。その目は、爛々《らんらん》と輝き、内からわき出るような活力に満ちていた。昨晩とは別人だ。

あまりの変貌《へんぼう》ぶりに、公香の方が戸惑ってしまう。

「あんた、何言ってんの？」

「だから三井を止めるんだよ。それが、志乃の望みだ」

「志乃ちゃん、目を覚ましたの？」

喜びを爆発させようとした公香だったが、それはすぐに真田に否定された。

「違う。夢だよ。夢」

「は？」

もう、何が何だか分からない。

七

柴崎は、疲弊した身体を引き摺るように署に戻った。

事態は想像していたより、はるかに深刻な局面を迎えている。

ここまで大きな話になると、所轄《しょかつ》の組織犯罪対策課という立場の柴崎には、協力できることは、ほとんどないといっていい。

しかし、仙道の話が真実であったとして、放っておけば、多くの命が失われることになる。

何か行動を起こしたい――その衝動はあるが、どこから手をつけていいのか分からないというのが本音だった。

「柴崎警部」

柴崎がデスクに座り、煙草《たばこ》に火を点《つ》けたところで、松尾が駆け寄って来た。

「どうした？」

「昨晩は、どちらに？」

松尾の質問に、一瞬だけ肝を冷やす。

どう答えるべきか悩んだ。松尾は、前回の事件のとき、理由も聞かずに柴崎に命を預けてくれた。そんな彼だからこそ、嘘《うそ》はつけない。そう思った。

「三井を追っていて、海上保安庁の仙道という男と会っていた」

「そうでしたか」

松尾がほっとしたように表情を緩めた。

「結果として、昨晩の発砲騒ぎに巻き込まれることになった」

「あの騒ぎは三井が関係していたんですか？」

「その可能性が高い。何者かが三井を狙っている。事態はおれたちの想像より、はるかに大きい」

仙道から聞いたテロの話は、さすがに口には出さなかった。

柴崎自身、まだ半信半疑だったからだ。いや、正確には現実として、受け止められずにいた。

核兵器によるテロなど、いかなる理由があろうと実行されてはならない。

「そっちはどうだ？」

柴崎は、これ以上詮索《せんさく》されないうちに、松尾に話の矛先を向けた。

「ちょっと問題があります」

「問題？」

「ええ。金城が、失踪《しっそう》しているらしいです」

別のことを考えていたこともあり、柴崎は、しばらくその意味を呑《の》み込むことができなかった。

「どういうことだ？」

「詳しい事情は分かっていないんですが、金城が行方をくらませたという情報が出回ってます」

「雲隠れしてるんじゃないのか」

こういう裏の稼業《かぎょう》の人間であれば、驚くことでもない。

特に、警察にマークされたり、取引上でのもめ事があったときなどは、地方に引っ込んで、ほとぼりが冷めるまで雲隠れするというのは常套《じょうとう》手段だ。

「それが……金城の経営する、ゴールド・キャッスル貿易の連中が騒いでいるんです」

金城の部下たちが知らないとなると、自らの意志とは関係なく、姿を消した可能性が高くなる。

「三井……」

柴崎の口から、自然とその言葉が出た。

松尾も同意見だったらしく、頷《うなず》いてみせた。

「その可能性が高いですね」

一昨日の晩、三井は金城と一緒にいた。あのあと、行方不明になったとすると、三井に拉致《らち》された可能性も否定できない。

だが、問題は何のために——ということだ。

今のところ、三井が金城を拉致する理由は見あたらない。

疑問は多いが、手詰まりの現在の状況の中では、金城の捜索が最優先事項のように思える。

「金城の行方を追ってくれ」

「はい」

松尾が部屋を出ると同時に、柴崎の携帯電話が鳴った。

表示されたのは、見知らぬ電話番号だった。

「もしもし」

〈ご無沙汰《ぶさた》しています。覚えていますか?〉

聞こえて来た意外な人物の声に、柴崎は思わず表情を緩めた。

「鈴本《すずもと》さん……ですか？」

〈ええ〉

鈴本は、公安部の刑事だ。

麻薬シンジケートの事件のとき、かかわりをもった。

「お久しぶりです」

〈その後、彼らは元気ですか？〉

鈴本の言う「彼ら」とは、ファミリー調査サービスの面々のことだ。

件《くだん》の事件のとき、鈴本は潜入捜査として、組織に潜り込んでいたのだが、それを知らぬ真田と一戦交えることになった。

本当なら、元気です——と答えたいところだが、今はそういう状況にない。

〈例の発砲事件ですね〉

柴崎が黙っていると、鈴本が口にした。

公安は独自の情報網をもっている。鈴本も、事件の概要は把握しているのだろう。

「ええ」

〈その件で、少し話をしたいんですが……〉

手詰まり感のある柴崎にとって、鈴本の申し出は、願ってもないことだった。

八

事務所である志乃の邸宅に戻った真田は、応接室で山縣の姿を見付けた。

ソファーに座り、項垂《うなだ》れたように視線を足許《あしもと》に落としていた。彼の周りは、何ともいえない陰鬱《いんうつ》な空気に包まれていた。

「真田か……」

山縣が、顔も上げずに言った。

「ああ」

「志乃は？」

「まだ、目を覚ましてない」

「そうか……」

山縣が小さく息を漏らした。

その弱々しい姿を見て、真田は下っ腹にむず痒《がゆ》さを感じた。

両親が殺されたあと、真田は山縣に引き取られた。あれからずっと一緒に生活してきた。だから、山縣の性格は、よく心得ている。彼が今何を思っているのか、手に取るように分かる。だからこそ、苛立《いらだ》ちが募る。

「真田……すまなかった。私の責任だ」

ようやく顔を上げた山縣が、今にも泣き出しそうな顔をした。

「何だよ。それ」

真田は強く拳《こぶし》を握り、息を呑んだ。

少しでも気を抜いたら、そのまま殴り倒してしまいそうだった。

「全て私の責任だ。お前たちは、もうこの件にかかわるな。これ以上、犠牲者が出るのは耐えられない」

「それで、あんたはどうすんだよ」

真田はずいっと山縣に歩み寄り、真《ま》っ直《す》ぐにその目を睨《にら》み付けた。

「落とし前はつける」

まるで、チンピラのような発言だ。

「気に入らねぇな」

真田は考える前に口に出していた。

志乃があんな目に遭ったのは、もちろん許せない。だが、志乃が望んでいるのは復《ふく》讐《しゅう》ではない。

彼女は、あんな目に遭いながら、まだ人の命を救おうとしている。

「気に入ろうが、気に入るまいが、これは命令だ。ここからは、私一人の問題だ」

山縣は、話は終わりとばかりにゆらりと立ち上がった。

視線がぶつかる。

今まで、山縣はどんなときでも冷静で、頼りになる男だと思っていた。それが、今の山縣はどうだ。こんなにも、小さい男だったか――。

「志乃は、おれたちの仲間だ」

「お前たちを、これ以上、巻き込むわけにはいかない」

「これは、おれたちの問題だ」

「違う。私の判断ミスで、お前たちを危険な目に遭わせてしまったんだ」

「ミスがあったとしたら、あんただけじゃない。おれたちだ。事件に首を突っ込んだのは、あんたの判断じゃない。おれたちの判断だ」

「いい加減にしろ！」

山縣が、鬼の形相で吠《ほ》えた。

眼光鋭く、声にも威圧するような迫力があった。だが、真田は不思議と怖いとは感じなかった。むしろ、負け犬の遠吠えのようだった。

「いい加減にするのは、あんただろ！」

「三井は、テロを目論《もくろ》んでいるかもしれないんだ！」

――あの男がテロリスト。

驚きとともに、なぜこれほどまでに、山縣が真田たちを事件から引き離そうとしているのかが分かった。

想像しているより、はるかに深刻で重大な事態になっているようだ。だが――。

「それがどうした！」

「次は、お前が死ぬかもしれないんだぞ！」

山縣が、真田の胸ぐらを摑《つか》んだ。

必死になればなるほど、真田には山縣が小さく見える。

「自分だったら、死んでもいいのかよ！」

真田は、山縣の腕を振り解《ほど》いた。

山縣はいつでもそうだ。自分一人で抱え込み、他人の命を重要視するクセに、自分の命には恐ろしく無頓着《むとんじゃく》だ。

まるで、死に場所を探しているように思える。

――冗談じゃない。

「おれにとっては、あんたも、志乃も、公香も、家族同然なんだよ！　死んでいい奴《やつ》なんて、誰もいねぇんだ！」

「お前は、何も分かってない」

山縣が首を左右に振った。

子ども扱いしているのだろう。確かに、山縣からみれば、真田たちは子どもかもしれないが、大人の判断が必ずしも正しいとは限らない。

「分かってないのは、あんただ。志乃は、あんな目に遭いながら、まだ救おうとしてんだよ！　おれたちが、志乃のためにしてやれることは、復讐じゃない！　救うことだ！　分かったか！」

真田は、山縣を突き飛ばした。

山縣の身体《からだ》は、思いのほか、弱々しかった。ふらふらと後退《あとずさ》りしたあと、ペタンと尻餅《しりもち》をついた。

驚いたように、口をあんぐりと開けている。真田自身、驚いていた。ここまで、山縣に反抗したのは、初めてのことだったからだ。

「今回は、真田の勝ち」

部屋に入って来たのは公香だった。

会話を聞いていたらしい。この切迫した空気の中で、なぜだか楽しそうに微笑《ほほえ》んでいる。

「公香……」

山縣が喘《あえ》ぐように言った。

「これは、私たちの問題。一人で抱え込むのは無しにして」

「そのたちに、私も加えてもらっていいか」

次いで部屋に入って来たのは、鳥居だった。

この状況において、鳥居は間違いなく戦力になる。真田に反対する理由はなかった。

「最初から、そのつもりだ」

真田は、親指を立ててみせた。

山縣に目を向けると、まだ座り込んだまま呆然《ぼうぜん》としている。

「山縣さんの気持ちは分かります。しかし、彼らは子どもではありません。信じてみましょう」

鳥居が、山縣に手を差し出した。

しばらく、その手を不思議そうに眺めていた山縣だったが、やがて肩を震わせて笑い出した。

「まったく。厄介な子どもをもったものだ」

山縣は、呆《あき》れたように言うと、鳥居の助けを借りて立ちあがった。

九

公香は、真田から改めてその話を聞いた。

志乃の夢の中に入り、人が殺される光景を見た——という信じがたい話だ。

「山縣さんは、どう思う?」

公香は、まず山縣に訊《たず》ねた。

一悶着《ひともんちゃく》あったが、こういうときに一番冷静な判断ができるのは、山縣だ。

「正直、判断は難しいところだ。しかし、今のところ、三井を捜す唯一《ゆいいつ》の手がかりでもある」

山縣は目を細めた。

もしかしたら、真田の妄想である可能性もある。だが、現在のところ、それしか手がかりが無いのも事実だ。

「ねえ。誰が殺されるのか、志乃ちゃんみたいに絵を描いてよ」

「おれが？」

公香の提案に、真田がこれでもかというくらいに表情を歪《ゆが》めた。

「あんたしか、いないでしょ」

「自信ねぇんだよな」

文句を言いながらも、真田は立ち上がり、部屋を出て行った。

スケッチブックを取りにでも行ったのだろう。

「それで……三井からは、何を渡されたんですか？」

鳥居が、口を開いた。

バタバタしていて、すっかり忘れていた。三井は、狙撃《そげき》の前に山縣に何かを渡していた。それは何か——。

「一つは三井が盗んだとされる、映像データだ」

掠《かす》れた声で山縣が言った。

「観《み》たの？」

公香が訊ねると、山縣は「ああ」と短く答え、テーブルの上のノートパソコンを開いた。

パッドをダブルクリックすると、映像が流れ始めた。

船首に取り付けられたカメラで撮影されたらしい映像だ。

併走している貨物船のような船が見えた。甲板に数人の男たちが立っているのが確認できる。

巡視船のスピーカーからは、複数の言語により、停船命令と思われる音声が流れている。

だが、停船する気配はない。

やがて、甲板にいる男たちが、自動小銃を手にした。ＡＫ―47といわれる、ロシア製の自動小銃だ。

――撃つの？

公香が疑問を抱くのと同時に、連続した銃声が響き渡った。

巡視船の甲板のあちこちで、着弾による火花が散った。

途端に、船が慌《あわ》ただしくなる。悲鳴とも罵声《ばせい》ともつかぬ声が、あちこちでこだまする。

「我々の知っている事実と違いますね」

パソコンのモニターを凝視しながら、鳥居が言った。

それは公香も同感だった。ニュースなどで、事件のことは知っていた。その報道では、停船命令を無視した不審船に、三井の独断で発砲したという論調だった。

しかし、この映像を見る限り、明らかに攻撃を受けている。

これだけの攻撃を受けたのであれば、三井が不審船を撃沈させたのも頷《うなず》ける。

「酷《ひど》い話ね」

公香の声をかき消すように、パソコンから轟音《ごうおん》が響いた。

巡視船が、黒煙に包まれている。

「RPGによる攻撃を受けたんだ」

山縣が、補足の説明を加えた。

RPGといえば、携帯型のロケットランチャーのことだ。装甲車程度であれば、その装甲を破壊するだけの威力がある。

こんなもので攻撃を受けたら、ひとたまりもない。

不審船の甲板では、次弾を装填《そうてん》する姿が確認できた。

――危ない。

そう感じた直後、巡視船の船首に備え付けられた、多銃身機銃が火を噴いた。

不審船の側面に、次々と穴が空き、やがて船は沈んでいった。

しばらく言葉が出なかった。

「三井は、これを公表しようとしているんですね」

鳥居がいかにも重そうに口を開いた。

「ああ」

山縣が目頭を指で押す。

「自分の身の潔白を証明するため……」

公香の言葉に、山縣は首を振って答えた。

「三井の性格からして、もっと別の理由だろう」

「別の？」

「ああ。三井は昔から、自己犠牲の精神を強く持つ男だ」

「別の誰かのため？」

「おそらくは、日本のためだ」

「日本……」

話の規模が急に大きくなり、公香は戸惑ってしまう。

「海上保安庁は、慢性的な人手不足にある」

「そうなの？　軍艦とかいっぱいあるじゃない」

「軍艦は自衛隊だ」

口を挟んだのは、鳥居だった。

「何が違うの？」

「自衛隊は、その名の通り、日本を脅《おびや》かす外敵の排除のためにある。一方の海上保安庁は、海の安全を守るのが仕事だ。いわば、海の警察のようなものだ」

山縣が言った。

「そうなんだ」

公香は納得の声を上げた。

普通に暮らしていたら、その違いなど気にしない。どちらも同じに見える。

一息吐《つ》いてから、鳥居が説明を引き継ぐ。

「海の警察である海上保安庁の仕事は、密輸・密漁の取り締まり、海難救助、テロ対策、船舶交通の安全の確保と、かなり幅が広い」

「へぇ」

「それだけの業務がありながら、海上保安庁の職員は、約一万二千人しかいない」

「それって、そんなに少ないの？」

いきなり人数を持ち出されても、それが多いか少ないかの判断はできない。

「警視庁の警察官で、四万三千人。全国の警察官となると、約二十六万人だ」

「そう言われると、少ない気はするけど、日本は小さいから、それくらいでいいんじゃないの？」

「日本は小さいが、海に囲まれている。他の国と違い、四方八方を守らなければならない。海岸線の長さだけでいえば、世界六位の規模なんだよ」

「そんなに……」

「それだけ広大な海を、たった五百隻《せき》の船で守っているんだ」

公香は驚き、目を剝《む》いた。

鳥居の説明のおかげで、素人目《しろうとめ》に見ても、人員がいかに不足しているかが分かった。

「よく、今まで守ってこられたわね」

感嘆の声を上げる公香に、鳥居は首を振った。

「守り切れていない」

「でも……」

「もし、守れているなら、密輸や拉致《らち》問題など起きない」

「そうか」

言われて納得した。

闇《やみ》で取引されている麻薬や銃器。それに、北朝鮮の工作員によって行われた、日本人の拉致。もし、日本の領海全《すべ》てが監視できているなら、そもそもそういった問題は起きていないはずだ。

　自分たちの認識が、いかに甘かったのかを、改めて思い知らされる。

「海上保安庁の職員は、絶えず危険にさらされながら、自らの判断で身を守ることすらできない。それが現状だ」

「酷い話ね」

「その上、この事件は、政治的な判断のもと、闇に葬《ほうむ》り去られた」

「もし、表に出ていれば、海上保安庁の在り方を、変えることができたかもしれない……」

　鳥居の表情は、複雑だった。それもそのはず、かつて鳥居がかかわった事件も、類似する動機があった。

　武器を持ちながら、それを使うことができないSATの存在。それによって、奪われる命――。

　何だか、やりきれない。

「だから三井さんは、この映像を公表しようとしているのね。知ってもらうために……」

「おそらく」

山縣が両手で顔を覆《おお》った。

――自己犠牲の精神。

その意味が分かった気がする。三井は、自らの命が狙《ねら》われたとしても、この先の日本のために、映像を公表しようとしているのだ。

「できたぜ」

話が一段落ついたところで、真田が部屋に入って来た。

差し出されたスケッチブックを見て、誰もが落胆のため息を漏らした。

真田の描いた似顔絵は、幼稚園児並みの完成度だった――。

「あんたに頼んだ、私がバカだった……」

公香は、深いため息を吐いた。

十

柴崎は、新宿西口の駅前にある喫煙スペースで、煙草《たばこ》を吹かしながら、行き交う人々を眺めていた。

こうやって、街を眺めていると、昨晩の出来事が嘘《うそ》のように思える。

平和――だが、日本の国民は、その言葉が当たり前になり過ぎて、多くの危機にさらされていることを忘れている。

「すみません。火を貸してもらえますか？」

目を向けると、いつの間にか鈴本が隣に立っていた。

声をかけられるまで、全く気付かなかった。潜入捜査をしていただけあって、気配を消すのがうまい。

「どうぞ」

柴崎は、鈴本にライターを差し出した。

「ご足労頂いてすみません」

鈴本は、柴崎の渡したライターで、煙草に火を点《つ》けながら丁寧に言う。

「いえ、気にしないで下さい」

「やはり、彼らがあの一件にからんでいたんですね」

「ええ」

「例の死を予見するという少女が、関係しているんですか？」

鈴本が目を細めた。

信じる信じないは別にして、事件にかかわった彼も、志乃のことは知っている。

「ええ。彼女が、夢の中で狙撃《そげき》されることを予見したんです。それで、彼らが動いた。その結果が、あれです……」

「そうでしたか。彼らは、狙撃されるのが、元海保の三井だと知っていたんですか?」

「はい。三井は山縣さんの、高校時代からの友人だったようです」

「なるほど。それで、だいたい謎《なぞ》が解けました」

鈴本は、満足そうに頷いた。

「そちらでも、三井を追っていたんですか?」

柴崎が訊《たず》ねると、鈴本は素早く辺りに視線を走らせたあと、煙草を灰皿に捨てた。

「少し、歩きませんか?」

「ええ」

柴崎は、煙草を灰皿に捨て、鈴本と並んで都庁方面に向かって歩き出した。

「あの事件以来、我々は三井をマークしていました」

五分ほど歩いたところで、鈴本が言った。

あの事件とは、不審船の撃沈事件のことだろう。公安としては、海保を懲戒免職になった彼が、反社会的な活動に加わらないか、監視していたのだろう。

「それで、何か動きがあったんですか？」

柴崎は仙道からの情報は口にせず、何も知らない体《てい》で訊ねた。

「ええ。どうやら、大規模なテロを考えている節がある」

「具体的に、どういうテロですか？」

鈴本は小さく首を振った。

「そこまでは、分かりません。ただ、最近になって、金城という男とかかわりを持った」

「金城……ですか」

「彼に関しては、柴崎さんの方が詳しいですね」

柴崎は黙って頷《うなず》いた。

「三井が、金城と組んで何かを企《たくら》んでいるのは、ほぼ間違いないです」

「やはりそうですか……」

「それと、もう一つ」

「何です？」

「この男を知っていますか？」

鈴本が差し出した写真を見て、柴崎はドクンと心臓が飛び跳ねた。

——知っている顔だった。

「彼は……」

「三井は、現役の海保職員も交え、あるグループを形成していました。おそらく、テロを実行するためのグループです。その主要メンバーの一人です」

「そうですか」

柴崎は、混乱しながらも、その写真を凝視した。

「三井のグループは、意見の食い違いから、分裂を起こしていました。昨晩の事件は、おそらく……」

「仲間割れ？」

「でしょうね……」

鈴本は、深く息を吐いた。

彼の説明で、柴崎も事件の大枠を把握することができた。

事前に、これだけの情報を入手できたことは大きい。今後の捜査に、かなり役立ちそうだ。

「三井は、日本でテロを起こして、何を訴えたいんでしょうね」

柴崎は頭に浮かんだ疑問を、そのまま口にした。

テロリズムには、必ず何かの思想がついて回る。今の日本において、多くの犠牲を払ってまで、訴えなければならないことがあるとは思えない。

鈴本がピタリと足を止めた。

アスファルトの照り返しが眩《まぶ》しかった。

「それは分かりません。ですが、不審船の事件のあとに、感じたことがあります」

「何です？」

「日本が海に囲まれているということです」

「海に……」

それは、当たり前のことだ。

だが、鈴本が言わんとしているのは、そういった物理的なことではないのだろう。

「日本人は、自分たちの国は、海という壁によって守られていると過信しています。故《ゆえ》に、自衛の意識が薄れているんです。ですが、本当は違う。海は、誰でも行き来ができるんです。言い換えれば、この国は、絶えず海からの侵攻者にさらされているのだと……」

「なるほど」

柴崎は、頷いてから空を見上げた。

鈴本の言う通りなのだろう。攻撃の手段を持たない日本という国は、絶えず危険にさらされている。国民のほとんどは、その危険に無頓着《むとんじゃく》だ。

武器を持たなければ、攻撃されないと信じている。

だが、そうではない。世の中の人間が全て、同じ理性と道徳観を持ち合わせているわけではない。中には、常識の通用しない相手もいるのだ。

おそらく三井は不審船を撃沈させたあと、そのことを嫌というほど思い知らされたのだろう。

「そんなことをしても、国民は何も感じませんよ」

それが柴崎の本音だった。

いくらテロという手段に訴えたところで、政治の機能が麻痺《まひ》してしまった現在の日本では、事故くらいの認識にしかならないだろう。

時間が経《た》てば風化して、誰もそのことを思い出さなくなる。

「良くも悪くも、それが日本です」

鈴本が遠くを見つめるような目をした。

「そうですね」

頷いた柴崎は、前に真田が言ったという言葉を思い返していた。

――無関係の人間を巻き込んだ時点で、お前らはただのクソに成り下がった。

三井にどんな理由があろうとも、無関係な人間を巻き込むテロを許してはならない。

十一

「おれには、これが限界だ。文句があるなら、自分で描けよ」

せっかく夢の中で殺された男の顔を描いたのに、散々な言われようだ。

真田は、ふて腐れてソファーに座った。

「描けるわけないでしょ。見てないんだから」

公香の反論はもっともだ。

志乃と夢を共有したのは真田だけだ。見ていない人間に、描けるはずがない。

「ここで言い合っても仕方ない。他のアプローチを探そう」

助け船を出したのは、例のごとく山縣だった。

彼も、ようやく自分を取り戻したらしい。だが――。

「他のって、何か手がかりがあんのか?」

「柴崎君のところに行け」

「何で？」

「そうか！　似顔絵捜査ね！」

声を上げたのは、公香だった。

なるほどと思う。自分で描けないなら、警察の似顔絵捜査官に描かせればいい。

「じゃあ、早速行くとしますか」

「慌《あわ》てるな」

勢いよく立ち上がった真田を制止したのは、山縣だった。

「何でだよ」

「似顔絵とは別に、場所の特定も必要だろ」

「ああ……」

真田は、失速して座り直す。

顔が分かっても、場所が特定できないことには、何も始まらない。

「それで、どんな場所だったの？」

公香が話を進める。

「たぶん、どっかの港だ」

真田は夢で見た光景を、頭に浮かべる。

一瞬、志乃の顔が過《よ》ぎった。夢の中で、真田を見たときの、志乃の驚きの顔。そして、微笑《ほほえ》み。

――もう一度、あの微笑みが見られるだろうか。

「他には?」

真田の思考を遮るように、公香が言った。

「船があった」

「港なんだから、あるでしょ」

「そうだけど……」

「本当に、注意力散漫なんだから。志乃ちゃんも、あんたじゃなくて、私に見せてくれれば良かったのに」

――うるせぇ!

反論しようとしたところで、また山縣が制した。

さすがに、クセ者のメンバーたちの性格をよく心得ている。

「停泊していた、船の名前は分かるか?」

真田は、再び頭を巡らせる。

船首に文字が書かれていたような気がする。何という名前だったか——。

「そうだ。思い出した」

「何だ?」

「まんけい号……だったかな」

真田は言うのと同時に、手近にあった紙に「万景号」と記憶している文字を書いた。

「多分、まんぎょん号だな」

鳥居が、眉《まゆ》に皺《しわ》を寄せたあと口にする。

それが合っているかどうか分からないが、真田は「あ、そうそう」と同意の意思表示をした。

「これで、船の名前が分かった。停泊している港を調べよう」

「了解」

山縣の提案に、公香が賛同した。

会議はこれで終わりだと思ったが、鳥居だけは深刻な表情をしたまま動かなかった。

「どうしたんだ?」

真田が声をかけると、ようやく鳥居が顔を上げた。

「山縣さん。三井は、映像の他に、何を託したんですか？」

鳥居の質問に、山縣の表情が一気に強張《こわば》った。

そのまま、しばらく口を開かなかった。ただ、じっと何かを堪《こら》えているようでもあった。

「データが二つ」

やがて、山縣は消え入るような声で言った。

「何のデータですか？」

「一つは、ファイルにパスワードがかかっていて確認できていないが、もう一つはここ十年間にわたる、工作船や密輸船の目撃データだ」

真田は違和感を覚えた。

「そういうのって、公表されてるんじゃないのか？」

「世間に公表されるのは、確実にそれだと認定されたものだけだ。特定できずに逃亡されたり、見失ったりしたものは、除外されている」

「そうなのか……」

驚きを覚えると同時に、納得もした。

自分たちが見ているものが全《すべ》てではない――ということは、往々にしてある。

マスコミも、ニュースになるものと、そうでないものを選別している。はっきりと認定できないものを、報道しないのは、当然ともいえる。

「実際、このデータで見ると、疑わしいものを含めれば、年間数百もの不審船、工作船などが確認されている」

「海上保安庁の、慢性的な人手不足で、日本の海は穴だらけなんだよ」

鳥居が、山縣の説明を補足した。

それは怖《おそ》ろしい現実だ。その気になれば、いくらでも日本の領海に侵入できるということになる。

にもかかわらず、海上保安庁は、不審船に遭遇しても、おいそれとは発砲できない。

三井のやりきれない気持ちが、少しだけ理解できた気がする。

「その上、海上保安庁には、合併話が持ち上がっている」

しばらくの沈黙のあと、山縣が言った。

「何だそれ？」

真田には、意味が分からなかった。

「例の公安がらみの案件ですね」

鳥居は事情を察したらしく、表情を歪《ゆが》めた。

「どういうことだ？」

真田は、苛立《いらだ》ちを押し殺して訊《たず》ねる。

「海上保安庁を、警察の公安組織と、合併させようという話が上がったことがあるんだ」

鳥居が山縣に目配せをしたあと、説明を始めた。

「何で？」

「海保の組織は、人手不足に悩んでいる。そのクセ、業務は多岐にわたっている。海上の保安業務から、海で発見された水死体の処理まであるんだ」

「そうなのか……」

「人員不足を補うために、警察や自衛隊だけでなく、漁業組合にまで協力を求めているのが現状だ」

「だったら、警察の配下に入れば、それを補えるじゃんか」

警察という巨大組織と組めば、それなりに人員を流用し、情報共有を図ることもできるはずだ。

「普通に考えればそうだ。だが、海保の中には、それに反発するグループもある」

「何で？」

「食われちまうからだ」

その一言で、真田も納得できた。

現状での合併は、警察という組織に取り込まれることを意味する。

「でも、人手不足になるより、いいんじゃねぇのか」

「逆だよ。この話が持ち上がった理由は、コスト削減だ。警察組織の中に組み込んで、極限まで削ろうとしているんだ」

「何のために？」

「選挙に勝つためだ」

「冗談じゃない」

真田は、思わず口にした。

選挙のために、国の安全を犠牲にするなど、到底理解できるものではない。と同時に、三井が託したデータの重要性が分かって来た。

国民にデータが開示されれば、その有用性を訴えることができる。

「三井は、テロという手段を用いて、国の在り方を変えようとしているんだ」

山縣の言葉が、真田の肩に重くのしかかった。

三井の決意の固さが窺《うかが》えた。

十二

「お客さんが来てます」

柴崎が署に戻ると、受付の女性警官に声をかけられた。

目を向けると、ベンチに見知った顔があった。

真田だった——。

「よう！」

いつもの調子で、真田が手を挙げる。

志乃のことがあった後だ。塞《ふさ》ぎ込んでいるかと思っていただけに、柴崎の方が戸惑ってしまう。

「元気だな」

「くよくよしてたって、志乃は目を覚まさない」

真田がいつもの調子で言った。

柴崎から見ていても、真田にとって、志乃が特別な存在であることは分かる。本当は、辛《つら》くて仕方ないはずだ。

　にもかかわらず、真田は立ち止まるという選択をしなかった。

　どんな逆境であろうと、真田はそれを乗り越えてみせる。そうやって、周囲の人を巻き込んでいく。本当に、不思議な男だ。

「それで、何の用だ？」

「ちょっと頼みがある」

　真田は、頭をかきながら柴崎に歩み寄った。

「何だ？」

「一つはこれ」

　真田は、ＣＤ―ＲＯＭを柴崎に手渡す。

「何だ、これは？」

「山縣さんが三井から受け取ったデータだ。パスワードのロックがかかっているから、解除して欲しいってさ」

「分かった」

「それともう一つ……」

　真田は、早口にここに至るまでの経緯を話し始めた。

真田が志乃と夢を共有し、その中で三井が男を殺害するのを目撃したらしい。

志乃の夢に対する予備知識が無ければ、頭がおかしくなったと思うような内容だった。

「分かった。すぐに手配しよう」

柴崎は、似顔絵を描いてもらいたいという真田の依頼を快諾した。

かつてはモンタージュという方法を使っていたが、これだと、リアルすぎて印象が固定されてしまう上に、顔のバランスが崩れ、個人を特定するのが難しかった。

そこで注目されたのが、証言を元に、似顔絵を描くという方法だ。原始的ではあるが、特徴を誇張して描けるので、雰囲気やイメージを伝えやすく、検挙率は上がり、現在はそれが主流になっている。

真田の証言を元に、殺される人物が誰なのか、特定することは可能だろう。

受付から内線を入れ、問い合わせをすると、運よく今すぐなら対応できるとのことだった。

柴崎は、真田を連れて指定された部屋に入る。

対応に当たったのは、小池真理《こいけまり》という小柄な女性鑑識官だった。

「どうぞ、座って下さい」

真理は真田を向かいの椅子《いす》に座らせると、手際《てぎわ》よくその特徴を聞きだしていく。真田は、説明のうまい方ではない。それでも、真理は真摯《しんし》に彼の言葉に耳を傾け、鉛筆を走らせる。

そうして描いたパーツを、その都度真田に確認させ、修正していく。

——大したものだ。

柴崎が感心している間に、顔の大枠が完成してしまった。

その絵を見た柴崎は、思わず息を呑《の》んだ。

「どうした?」

真田が口を開く。

「この男……知っている」

「誰だ?」

「仙道昭伸だ」

「仙道って、三井を追ってるっていう、海上保安庁の職員の?」

山縣から、おおよその事情は聞いていたのだろう。真田が早口に言った。

「ああ。そうだ」

返事をすると同時に、急に身体《からだ》が重くなったような気がした。

可能性として、考えられないことではなかった。仙道が三井を追っている以上、邪魔者になる。

仙道を消してしまおうと考えるのは自然だ。

「大丈夫。殺させやしねぇよ」

真田が、胸を張った。

彼の言葉に、根拠はない。決意を口にしているに過ぎない。それでも、その言葉を信じてみようという気になるから不思議だ。

「そうだな」

柴崎は、頷《うなず》いてみせた。

十三

「見つけた！」

公香は、興奮のあまり声を上げた。

「どこだ？」

視線を向けると、山縣がちょうど部屋に入って来るところだった。

「万景号は、横浜港の大黒埠頭《だいこくふとう》に停泊してるわ」

ネット検索で目星をつけ、各港に電話で問い合わせたのだ。こういった作業は、志乃の役割だった。

彼女がファミリー調査サービスに来る前は、当たり前のように公香もやっていたはずなのに、すっかりなまって思いのほか時間がかかってしまった。

どれだけ、志乃の存在に頼っていたのかを、改めて思い知らされた。

――早く、戻って来てよね。

公香は、心の中で呟《つぶや》く。

「まだ近場で良かった」

山縣が、ほっとしたように口にした。

それは公香も同感だった。これが、佐世保や苫小牧《とまこまい》などの港だったら、移動だけでかなりの時間を要する。

「で、次はどうするの？」

公香は、腕組みをしている山縣に目を向けた。

「さっき、柴崎君から連絡を受けた。殺される人間が特定できたらしい」

「誰？」

「仙道昭伸だ」

「邪魔者は消すってこと？」

自分を追っている仙道が邪魔になり、殺害する——短絡的な発想ではあるが、考えられないことではない。

「そうかもしれんな……」

山縣の声は、ひどく哀《かな》しげだった。

頭の中で、三井の面影を追っているのが、手にとるように分かる。

「三井さんは、そんなことする人じゃなかった？」

公香が訊ねると、山縣が驚いたように目を丸くした。

「何よ。私が聞いちゃいけない？」

「いや、そうじゃない」

山縣は照れ臭そうに視線を逸《そ》らした。

老獪《ろうかい》に振る舞っている山縣だが、ときどき、こういう子どもっぽい一面をみせる。

それが、不思議と魅力的に映る。

「それで？」

「真田の両親が殺害されたとき、相談に乗ってくれたのが三井だった……」

「そうだったんだ……」

真田の父親は、山縣の警察時代の上司だった人物だ。

「あのとき、私は復讐心《ふくしゅうしん》に駆られていた。何としても、犯人を見つけ、敵を討とうと考えもした。そんな私に三井は言った。復讐という手段で、自己の願望を満たすより、命拾いをした少年を守ることが、死者の望みのはずだ……と」

「それで、真田を引き取った」

「ああ」

短く答えた山縣の目は、哀しげだった。

確かにその話を聞く限り、テロを目論《もくろ》んだり、邪魔者を殺害するような人物だとは思えない。

高校を卒業したあとも、山縣にとって三井は、信頼できる友人だったようだ。

山縣は、三井を信じようとしている。羨《うらや》ましいと思うと同時に、息苦しさも覚えた。

公香が、山縣や真田、そして志乃に出会って変わったように——。

人間は時間の流れや経験によって変わっていくのもまた事実だ。

「三井さんが、何を考えているのか、それは直接確かめましょう」

公香は努めて明るく言った。

「そうだな。今は、感傷に浸るのは止《や》めよう」

山縣が頭を振る。

「で、どうするの？　真田みたいに、正面突破してみる？」

公香は、ニッコリと微笑《ほほえ》みながら口にした。

山縣は策士だ。真田のような愚は犯さないと分かった上での言葉だった。

「それも面白い」

冗談めかして山縣が言う。

「ちょっと止めてよ。命が幾つあっても足りないわ」

「そうだな。今の情報を、柴崎君を通じて、公安に流してもらう」

「何で公安なの？」

公香には、山縣の考えが読めなかった。

「今回の事件は、私たちだけでは重すぎる。誰かのバックアップが欲しいところだ。

だが、横浜港となると、管轄《かんかつ》は神奈川県警だ」

「柴崎さんは、動けないってことね」

警察は縄張り意識が強い。神奈川県警の管轄で、新宿署の人間が動き回れば、それだけで問題になる。

「それもあるが、彼には仙道の警護に当たってもらう」

柴崎が、仙道の安全を確保してくれれば、出番無し。それが失敗した場合の対応として、現場で待ち伏せるという寸法なのだろう。

「だけど、公安なんて信用できるの？」

正直、公香は公安に対して、あまりいいイメージがない。

「鈴本君を覚えてるか？」

質問で返された。その名前は記憶している。

公香の脳裏に、九ヶ月前の事件の記憶が蘇《よみがえ》り、胸にチクリと刺すような痛みが走った。

「真田と殴り合いをした人ね」

鈴本は、潜入捜査として、麻薬シンジケートに潜り込んでいたのだが、それを知らない真田と大乱闘を演じた。

確かに、彼なら信頼できる。

「そうだ。彼らは、三井を、テロの疑いありとして捜索しているらしい」

山縣はそこまで言って、ふっと息をついた。

さすがの策士だと思う。情報を流すという方法で、公安の人間を現場に張り付かせることができれば、三井の暴挙を阻止できる確率は、飛躍的に上がるだろう。

「でも、そうなると、私たちの役割は？」

「港は分かっても、まだ正確な場所は、把握できてないだろ」

山縣の言う通りだ。

港といっても、かなり広い。それに、真田の話では「万景号」の近くの倉庫——というところまでしか分かっていない。

「場所の特定ができたら、あとは公安に任せるってことね」

「そこは、臨機応変に対応……ってとこだ」

それだけ言うと、山縣は部屋を出て行った。

山縣らしからぬ何とも曖昧《あいまい》な表現だ。最近、真田に似てきたのかもしれない。

「まあ、私も他人のこと言えないけど……」

公香は、呟いてから立ち上がった。

十四

真田は、病室のベッド脇《わき》の椅子《いす》に座っていた。

目の前では、志乃が穏やかな表情で眠っている。

新宿署で柴崎と別れたあと、真田はバイクを飛ばして志乃の入院している病院に足を運んだ。

志乃の手を、そっと包み込むように握った。

今にも折れてしまいそうなほど細く、抜けるように白い指だった。

肌を通して、微《かす》かにぬくもりが伝わってくる。

「今まで、ずっと一人で闘ってたんだな……」

その声は届かない。それを承知で、真田は口にした。

夢で他人の死を予見する——その能力を抱えて志乃は生きて来た。真田は、その苦しさ、哀しさを理解しているつもりでいた。

だが、実際に志乃と夢を共有し、それがつもりでしかなかったことを実感した。

恐怖はある。それ以上に、何もできないという無力感が、容赦なく心を痛めつける。

夢の中の人間には、自分の声は届かない。止めようとしても無駄だ。

ただの傍観者として、そこに存在しているのだ。

知っていながら、止めることができなかったという絶望感は、並大抵のものではない。

今まで志乃は、たった一人で、それに耐えて来た。

「志乃は、強かったんだな」

そう言うのと同時に、鼻から目頭に、つんと熱いものが突き抜けた。なぜ、こんなに感傷的になっているのか、自分でも説明がつかなかった。

「安心しろ。もう、誰も殺させないから……」

真田は志乃の手を強く握り、語りかけた。

返事はない。手を握り返してくれることもない。それでも、真田には志乃の声が聞こえた気がした。

「そろそろ行くよ」

真田は、そっと志乃の手を戻して立ち上がった。

いつもなら、ここで志乃が心配そうな顔をして「気をつけて」と口にする。そして、真田は「おう」と答える。

何気ないやり取りだが、それが真田の背中を押してくれていた。

「帰って来たら、笑ってくれよ」

真田は、志乃に微笑みかけてから病室を出た。

真《ま》っ直《す》ぐ廊下を進む。

志乃の予見した死の運命を変えることができたら、彼女は目を覚まして微笑んでくれる。今の真田を突き動かしているのは、そんな子どもじみた願望とも、妄想ともつかぬ想《おも》いだけだった。

病院のエントランスを出て、駐輪場に停めたバイクにまたがる。

ヘルメットを被《かぶ》ったところで、一度だけ振り返った。

志乃のいる病室の窓が見えた。

「行ってくる」

真田は、バイクのエンジンを回した。

十五

「なぜ、三井が私の命を狙《ねら》っていると？」

車の助手席で、ぼやくように言ったのは、仙道だった。

柴崎は、運転しながらチラリと仙道に視線をやる。

真田と別れたあと、柴崎はすぐに仙道と連絡を取った。そのときは、命が狙われているとは口にしなかった。

それを説明したのは、海上保安庁の本庁がある霞《かすみ》が関《せき》で、彼を車に乗せてからだった。

「詳しくは、お話しできません。ある信頼できる筋からの情報……とだけ言っておきます」

現段階で説明できるのは、それが精一杯だった。

今ここで、真田から聞かされた夢の話などしても、信じてもらえないだろう。

「まあ、いいでしょう。私もあなたに聞きたいことがあります。少しだけ、お付き合いしますよ」

仙道の表情からは、余裕が窺《うかが》える。

自分の命が狙われるなどという話は、信じていないようだった。

「聞きたいことというのは、何ですか？」

柴崎は、ハンドルを捌《さば》きながら訊《たず》ねた。

「彼らのことです」

「彼ら？」

「ええ。山縣さんを始めとする、ファミリー調査サービスの面々のことです」

「ただの探偵です」

「それだけですか？」

仙道がギロリと目を剝《む》いた。

その眼球には、はっきりと疑念が浮かんでいた。

「何が言いたいんです？」

「少し、調べさせてもらいました。中西運輸がらみの密輸事件、病院の立て籠《こ》もり事件、さらには、亡霊と呼ばれた、黒木の密売組織の事件……それら、全《すべ》てにからんでいます」

「彼らは、望んでそうなったわけではありません」

柴崎は大きく息を吐いた。

彼らは、別に大きな事件を解決しようと思ったわけではない。

ただ、失われる運命にあった命を救おうとしただけだ。結果として、それらの大きな事件に巻き込まれた。

「本当にそうでしょうか？」

「何が言いたいんです？」

「人員構成ですよ。山縣さんは、元警視庁防犯部で、鬼の山縣と畏《おそ》れられた人だ。さらに、撃たれた中西志乃は、中西運輸の令嬢だった。池田《いけだ》公香という女性は、麻薬密売組織の黒木の愛人だった女でしょう」

「ええ」

――よく調べてある。

柴崎は感心しながら返事をする。

「さらには、元ＳＡＴで病院立て籠もり事件にもかかわった鳥居までいる」

「そうですね」

改めてみると、錚々《そうそう》たるメンバーだと思う。

「まともなのは、真田という青年くらいだ」

仙道の最後の一言を聞き、柴崎は思わず噴き出しそうになるのを、どうにか堪《こら》えた。

ファミリー調査サービスの面々の中で、もっともまともじゃないのは、真田に他ならない。今まで、多くの事件にかかわって来たのも、真田の暴走があってのことだ。

「一言で言うなら、引力でしょうか……」

柴崎が言うと、仙道が不思議そうに首を捻《ひね》った。

「引力……」

「山縣さんに、引き寄せられているんですよ」

「人望ということですか?」

「そんなところです。こちらも、聞きたいことがあります」

柴崎は、信号待ちの交差点で話を振った。

「答えられる範囲なら」

仙道は、相変わらず慎重な言い方をする。

上に立つ人間には、それくらいの慎重さは必要なのだろうが、少し過剰に思える。

「この前のあなたの話が真実だとすると、三井のテロは、日本そのものを崩壊させるものです。三井は、本当にそこまでするんでしょうか?」

三井が手に入れた核兵器が、どの程度の威力のものかは分からない。

だが、それを大気中で爆発させれば、爆破による破壊はもちろん、撒《ま》き散らされた放射能により、どれほどの被害を引き起こすのか想像もつかない。

テロというより、殺戮《さつりく》だ。

「嫌になったんじゃないでしょうか……」

仙道が、遠くを見るように目を細めた。

その先に、何を見ているのか柴崎には分からなかった。

「何がです？」

「見て下さい。この平和な国を……」

仙道の言葉に誘われ、フロントガラスの向こうに目を向ける。

暗くなり始めた新宿の街並みは、ネオンの光を瞬《また》かせている。歩道を歩く人々の顔に、切迫したものはなく、どこか緩慢としている。

「確かに平和です」

「実際はそうじゃない。先の尖閣《せんかく》諸島の中国船の衝突事故。能登《のと》半島沖での不審船の逃走。三井の事件もそうです。表に出ていない事件まで数えたら、掃いて捨てるほどある。守られているからこそ、平和なんです。しかし、政治家も国民も、それを認識すらしていない」

仙道の口調には、独裁者の演説のような熱が籠もっていた。

柴崎は、仙道の言葉に釣られて、若干の高揚を覚えながらも、再び車をスタートさせた。

「そうかもしれません」

柴崎も、捜査をしていて、ときおりそれを感じることがある。日本の国民は、平和を当たり前にし過ぎている。平然と街を歩いてはいるが、一歩奥に入れば、麻薬の密売が横行している。

だが、それに気づきもしない。否《いな》、本当は気づいているが、平和であるふりをしているだけかもしれない。

「誰も、変えようとはしない。そんな国なら、いっそのこと……」

「壊してしまおうと？」

柴崎は、自分で口にしながら、背筋に悪寒《おかん》が走った。

道理は分かるが、手段が間違っている。

「ええ。劇的な変化を遂げるためには、一度壊す必要がある──三井は、そう考えたのかもしれません」

仙道は、小さく首を横に振った。

おそらく、三井がやろうとしていることは、テロというより、クーデターといった方がいいのかもしれない。

柴崎が口を開こうとしたところで、車に強い衝撃があった。

ガラスが砕け、身体《からだ》が激しく揺さぶられる。シートベルトが、胸に食い込み、何度か噎《む》せ返った。

何が起きたのか、しばらく分からなかった。

朦朧《もうろう》とする頭を起こし、助手席の仙道に目を向ける。

額を少し切っているが、仙道は無事なようだった。驚いた表情で、柴崎を見ている。

柴崎は、注意深く辺りを見回し、ようやく状況が呑《の》み込めて来た。

どうやら、車に側面から追突されたらしい。

黒塗りの4WDが、突き刺さるようなかたちで停車していた。

だが、柴崎は青信号を真っ直ぐ走っていただけだ。偶発的な事故なのか、あるいは
――。

考えを巡らせているうちに、外から助手席のドアが開いた。

顔を出したのは――。

「み、三井……」

仙道が、喘《あえ》ぐように言う。

――まずい。

すぐに懐《ふところ》の拳銃《けんじゅう》を抜こうとした柴崎だったが、それより先に、三井が仙道の側頭部に銃口を突きつけた。

「動かない方がいい」

三井が言った。

彼の声は、どこまでも無機質で、まるで機械の合成音のようだった。

柴崎は三井の目を見返した。背中を脂汗《あぶらあせ》が伝う。

彼の目には、一片の迷いもなかった。抵抗すれば、すぐにでも引き金を引くだろう。

柴崎が、両手を挙げて無抵抗の意思表示をすると、三井は仙道を車から引《ひ》き摺《ず》り降ろした。

そのまま仙道を4WDに押し込む。

柴崎は、すぐに助手席側から車を飛び出し、拳銃を構えた。

狙いを定めるより先に、4WDはタイヤを鳴らしながら、猛スピードで走り去って行った。

「クソ！」

柴崎は怒りに任せて地面を蹴《け》った。

だが、そんなことをしたところで、連れ去られた仙道が、戻るはずもなかった。

十六

公香は、防波堤に停めた車の運転席で、じっと息を潜めていた。

目の前には、〈四号倉庫〉と書かれた、古い造りの倉庫が見える。真田が、夢で見たのと同一のものだ。

調べたところによると、現在は空き倉庫になっているらしい。

真田の曖昧《あいまい》な証言から、この倉庫を見つけ出すのは、容易なことではなかった。現場に到着してから、二時間以上かかってしまった。

辺りはすっかり暗くなり、間近に迫る横浜ベイブリッジが、鮮やかな色彩の光を放っていた。

「こういうところは、デートで来たかったわ」

公香がぼやくと、山縣が鼻を鳴らして笑った。

「真田を誘えばいいじゃないか」

「冗談は止《や》めてよ。そんなことしたら、志乃ちゃんが泣いちゃうでしょ」

「志乃がＯＫを出したら、来るのか？」

「いつから、そんなに親父《おやじ》臭くなったわけ？」

公香が怒った表情をすると、山縣がまた笑った。

いろいろあって、思い悩んではいたようだが、ようやくいつもの山縣が戻って来たという感じだ。

「ねえ、三井って人は、大切な人とかいないの？」

不意に浮かんだ疑問を口にした。

山縣の話では、三井はテロを企《たくら》んでいる可能性があるのだという。もし、守りたいと思える大切な人がいるなら、そんなバカげた真似《まね》はしないように思う。

「彼には、奥さんと子どもがいた。だが……」

山縣は言いかけた言葉を、ぐっと奥歯で噛《か》んだ。

そこには、哀《かな》しみの匂《にお》いがした。

「何？」

「ある日、忽然《こつぜん》と姿を消してしまったんだ」

「消えた？」

意味が分からなかった。

まるで、神隠しにでもあったような物言いだ。

「三井の妻と子は、特定失踪者《しっそうしゃ》問題調査会によって、特定失踪者としての認定を受けた」

「何それ？」

どこかで聞いたことがある気がするが、思い出せない。

「夜逃げなどをする理由が見つからず、突然姿を消した可能性のある人たちのことだ」

「何かの事件に？」

「その可能性もあるが、特定失踪者問題調査会の目的は、北朝鮮に拉致《らち》された日本人を救い出すことだ」

「北朝鮮に、拉致されたってこと？」

「そうだ」

「でも、あれって一九七〇年代から八〇年代の話でしょ」

拉致が行われたといわれているのは、今から三十年も前の話だ。時代が合わない気がする。

「それは、日本政府が認定した十二案件についてだ。実際は、八〇年代以降も行われたといわれている」

「そうなの？」

「ああ。特定失踪者問題調査会が、拉致の可能性が濃厚だとしている人間だけで、三十人以上。さらには、その可能性があるとしている人も含めると、二百五十人を超える人数がいるんだ」

「嘘《うそ》……」

想像以上の数字に、公香は恐怖すら感じた。

それは、無知であった自分自身に向けられたものなのかもしれない。

拉致問題について、ニュースで繰り返し報道を見た。やがて、過熱報道は終わりを告げ、それで公香自身、忘れていたところがある。

しかし、それは表面上のものでしかなかった——。

「三井は、妻子が行方不明になったあと、勤務していた大蔵省を辞め、海上保安庁に入庁したんだ」

「そうだったんだ……」

二度と同じ運命を辿《たど》る人を作りたくない——きっと、三井はそんな風に考えて、海の治安を守る海上保安庁に入庁したのだろう。

納得すると同時に、疑問が浮かび上がった。

「そんな人が、なぜテロを？」

「それは分からない。この前は、事情を聞く前にあんなことになってしまった……」

山縣の目が、少しだけ潤《うる》んでいるようだった。

今回のことが一番信じられないのは、古くからの友人である山縣だろう。彼の心の内では、ずっと葛藤《かっとう》が繰り返されている。

「今度は、ちゃんと話せるといいね」

それが公香の本音だった。

「そうだな」

山縣が笑顔を返したところで、彼の携帯電話に着信があった。

すぐに山縣が電話に出る。

「もしもし……」

会話の内容までは聞こえなかったが、山縣の顔がみるみる硬直していくことから、悪い報《しら》せであることは想像できた。

「分かった。無理はするな」

電話を切った山縣が、深く息を吐く。

「どうしたの？」

「仙道が、三井に拉致された」

山縣の声が、狭い車内に響いた。

十七

倉庫の裏手にバイクを停め、真田は夜の海を眺めていた。

反対側には、公香と山縣がいる。鳥居の姿は見えない。例のごとくエアライフルを手に、どこかに身を潜めているはずだ。

こうしてじっとしていると、志乃の微笑《ほほえ》みが頭を過《よ》ぎる。

潮の香りのする空気を、肺いっぱいに吸い込み、心を落ち着ける。何としても、守ってみせる。

相手が誰であるかは関係ない。それが、志乃の望みだからだ。

〈真田。聞こえる?〉

思考を遮るように、無線につないだイヤホンマイクから、公香の声が飛び込んで来た。

幾分興奮しているようにも思える。

「ああ。聞こえてるぜ」

真田は答えると同時に、バイクにまたがった。

何か起きそうな予感がする。

〈仙道さんが、連れ去られたみたい〉

「柴崎のおっさんは？」

仙道の護衛として、柴崎が一緒にいたはずだ。もしかして、彼に何かあったのか
――嫌な予感が頭を過ぎる。

〈無事みたい〉

「そりゃ何よりだ」

真田は、ほっと胸を撫《な》で下ろす。

柴崎は常日頃から、真田に「無茶するな」と説教をするクセに、自分もかなりの無茶をする。何度死にかけたか分からない。

〈仙道さんを連れ去ったのは、黒の４ＷＤよ。ナンバーは確認中……〉

公香が早口に言う。

「奴《やつ》ら、真《ま》っ直《す》ぐここに来るかね」

〈その可能性は高いわね。三十分もしないうちに来るわよ〉

「了解」

真田は、バイクのエンジンを回しながら答えた。

シートから小気味よい震動が伝わってくる。それが、気分を高揚させる。

真田は、狼《おおかみ》の牙《きば》を摸《も》した装飾の付いたチョーカーを、力強く握った。母が誕生日プレゼントにくれたものだ。これが、形見になってしまった。

〈お前も、祈ることがあるんだな〉

ヘルメットを被《かぶ》ろうとしたところで、イヤホンマイクから声が聞こえて来た。

鳥居だ。向こうからは、見えているらしい。

「誰が祈るかよ」

〈彼女のために、祈ってるのかと思った〉

「うるせぇ。そんなことするかよ」

〈それだけ、元気があれば大丈夫だな〉

鳥居の声は、いつになく柔らかかった。

不器用で無愛想な男ではあるが、それなりに気を遣っていてくれたらしい。

「余計なお世話だよ。おれは、信じてる」

〈信じる？〉

「志乃は、必ず目を覚ます」

〈楽観的だな〉

「専売特許でね」

鳥居が声を上げて笑った。

彼も、ずいぶん明るくなったと思う。最初に会ったときには、世界中の不幸を、たった一人で背負っているような表情だった。

「無駄口叩《たた》いてる暇があったら、しっかり監視してくれよ」

〈まさか、君にそんなことを言われるとは思わなかった〉

「うるせぇ」

交信を終えた真田は、ヘルメットを被り、グローブをはめた。

祈るなんてことはしない。今は、信じるだけだ。

――志乃の願いだ。何としても止めてやる。

それが、志乃が目を覚ます唯一《ゆいいつ》の方法だと真田は思っている。

理屈ではない。今の真田には、それくらいしか、志乃のためにしてやれることがない。

〈今、そっちに黒の４ＷＤが向かってる。そろそろ見えるはずだ〉

二十分ほど経《た》ったところで、イヤホンマイクから鳥居の声が飛び込んで来た。

——もう到着ってわけだ。

真田はヘルメットのバイザーを上げ、獲物を待ち伏せる猛獣のごとく、じっと目を凝らす。

しばらくして、倉庫に向かって走って来る車のヘッドライトが見えた。

ライトの眩《まぶ》しさに手を翳《かざ》す。

黒の4WDだった。スモークガラスに覆《おお》われていて、乗っている人物までは確認できない。だが、フロント部分が、ベコリと凹《へこ》んでいるのは分かった。

あれに三井と仙道が乗っている確証はない。分からないなら、行って確かめればいい。

〈真田。待て〉

山縣の指示が飛ぶ。真田の性格を充分理解している。

「何でだよ」

〈相手の人数も、装備も分からないんだ〉

「そんなこと言ってると、逃げられちまうぜ」

〈志乃の夢の通りなら、殺されるのは、中に入ってからだ〉

「そりゃそうだけど……」

話をしているうちに、車は倉庫の裏手で一旦《いったん》停止して、助手席から角刈りの男が出て来た。

三井ではないようだ。

角刈りの男は、裏手にある倉庫の扉を大きく開け、中に入っていく。

それに付き従うように、徐行しながら車が倉庫に消えていった。

「中に入ったぜ」

真田が、イヤホンマイクに向かって言うのと同時に、入口の扉が閉まり始めた。

あれが閉まれば、中に入るのは困難になる。

「鳥居のおっさん。正面突破で行くぜ。援護を頼む」

〈ここからじゃ無理だ〉

〈ちょっと真田!〉

次々と聞こえる声を無視して、真田は、フルスロットルで閉まりゆく扉に向かってバイクを走らせた。

――間に合えよ!

真田の乗るバイク、ザンザスは、抜群の加速性能を持つ。

ぐんぐん速度を上げ、閉まりかけた扉の隙間《すきま》を、一気に駆け抜けた――。

扉の隙間を駆け抜けた真田は、後輪をドリフトさせながらバイクを停車させた。

正面に黒の４ＷＤが停車している。

その脇《わき》には、さっき扉を開けた男がいる。鳩《はと》が豆鉄砲でも喰らったような顔だ。

「三井ってのは、どいつだ？」

真田が声を上げると、運転席のドアが開き、一人の男が顔を出した。

――三井隆一だ。

写真で見たときには、疲れたおっさんくらいにしか思わなかった。だが、今目の前にいる三井は、顔を引き締め、その目に油断ならない光を宿している。

少しは驚いてくれるかと思ったが、これでは張り合いがない。

「君は、山縣君のところにいる……」

「真田だ」

三井の言葉を、引き継ぐように名乗る。

「それで、何の用だ？」

無表情のまま三井が訊《たず》ねた。

「あんたが連れている、仙道って男を返してくれ」

「なぜ？」

「殺すつもりだろ。仙道を」

それを口にすると、三井の眉《まゆ》がビクンッと撥《は》ねた。

ようやく、驚いてくれたらしい。

「どうして、そう思う？」

「そういう運命なんだよ。で、おれは、それを止めに来た」

「君は、何も分かっていない」

「あん？」

「仙道は、生かしておくわけにはいかない」

「お前の理屈なんて、知らねぇよ」

挑発的に言ったところで、脇に控えていた男が動いた。

素早く身を翻《ひるがえ》し、車の後部ハッチを開け、中から何かを取りだした。

——しまった！

昨日も同じ物を見た。あれは、89式自動小銃だ。

真田がバイクを乗り捨て、鉄骨の柱に身を隠すのと、自動小銃が火を噴くのがほぼ同時だった。

十八

「まったく！　どこまでバカなのよ！」

公香は、怒りのあまりイヤホンマイクを投げつけた。

思いついたら即行動――真田が一緒だと、作戦もクソもあったものではない。こんなことをしていたら、いつか必ず死ぬ。

見守っている方は、たまったものではない。

「落ち着け！」

山縣が鋭く言った。

その表情はさっきまでとは、明らかに違うものになっていた。眼に、強い光を宿している。

こういうときの山縣は頼りになる。

「どうするの？」

「陽動で真田を援護する」

「陽動？」

「こういう倉庫は、鉄骨構造で骨組みはしっかりしているが、壁は意外と薄いんだ」

山縣が、チラリと視線を前に向ける。

それだけで、何をしようとしているのか、だいたい理解した。真田も無茶だが、山縣もなかなかのものだ。

「どうなっても、知らないから」

公香は、不満をこぼしながらも、イヤホンマイクを装着し直し、エンジンを回す。

それを一瞥《いちべつ》した山縣は、すぐに無線に向かって呼びかける。

「鳥居君。狙撃《そげき》はできるか？」

〈少し、時間が欲しい〉

「分かった」

山縣が交信を終えると同時に、連続した破裂音が耳に届いた。

それが何の音なのか、公香もすぐに悟った。おそらくは、自動小銃だろう。見えない分、不安は増幅していく。

「真田！　無事なの？」

公香は、イヤホンマイクに向かって叫ぶ。

〈悪い。相手してる暇はない〉

息を切らした真田の声が聞こえた。

取り敢《あ》えずは、生きているらしい——と思った矢先、また連続した破裂音が響いた。

「真田！　聞こえてる？」

今度は、返事はなかった。銃声も止《や》んだ。

悪い考えが、一気に胸で爆発する。

——冗談じゃない。

「行くわよ」

公香はアクセルを踏み込み、車をスタートさせた。

急発進したせいで、山縣が車内で振り回されていたが、残念ながら気遣っている余裕はない。

公香は、弧を描くように倉庫の側面に回り込んだ。

「摑《つか》まっててよ」

公香は、言うが早いかアクセルペダルを目一杯踏んだ。

車は加速しながら、倉庫の壁に向かって真《ま》っ直《す》ぐに突進していく——。

強い衝撃が、公香の身体《からだ》を突き抜けた。

十九

「冗談じゃねぇぞ」

真田は、鉄骨の柱に背中を預ける。

〈真田！　無事なの？〉

無線につないだイヤホンマイクから、公香の金切り声が聞こえて来た。

後でまたネチネチと文句を言われそうだ。

「悪い。相手してる暇はない」

真田は、軽口を返しながらヘルメットを脱ぎ捨てた。

コロコロと床を転がるヘルメットに向けて、再び自動小銃が火を噴く。

発射された弾丸は、あちこちに跳弾して火花を散らす。これは、身をかくしていたとしても、安心はできない。

「止《よ》せ！　撃つな！」

鋭く言い放ったのは、三井だった。

振り返って様子を窺《うかが》いたいところだが、下手に顔を出せば、蜂《はち》の巣にされてしまう。

「真田君と言ったな。君を殺すのは、我々の本意ではない」

三井の声が、倉庫の壁に反響する。

芝居じみたその言い回しが、何だか癇《かん》に障《さわ》る。

「その割りには、好き放題撃ってるじゃねえか」

真田は軽口を返しながらも、必死に頭を巡らせる。

勢いで飛び込んだのはいいが、最悪ともいえる状況に追い込まれてしまった。何とか、打開策を見つけなければ、確実に死ぬ——。

真田は、ぎゅっと拳《こぶし》を握った。

「もう撃たない」

「信用できないね」

「三井さん。時間がありません」

連れの男の声だった。

気を逸《そ》らしている。今がチャンスかもしれない。

真田がタイミングを見計らって飛び出すのと、壁を突き破ってハイエースが倉庫の中に飛び込んで来るのが、ほぼ同時だった。

おそらく、公香が運転しているのだろう。無茶をする。

さすがの三井も、連れの男も、飛び跳ねるようにして振り返る。

「ナイスだ」

真田は重心を低くして、一気に距離を詰める。

89式を持った男は、真田の気配に気付いて振り返る。

だが、真田はすでに手の届く距離まで接近していた。

89式を構えようとした男の手を弾《はじ》きながら、その鼻っ柱に渾身《こんしん》の頭突きをお見舞いする。

男は、よろよろと尻餅《しりもち》をつく。

だがそれでも、右手一本で89式を持ち上げ、真田に銃口を向けようとする。

――しぶとい野郎だ。

真田は、ジャンプしながら左足で89式を力一杯蹴《け》り上げ、着地する前に右足で男の顎《あご》を蹴った。

二段蹴りだ。

声を上げる間もなく、男は白目を剝《む》いて倒れた。

「いっちょ上がり」

勝ち誇る真田の側頭部に、銃口が突きつけられた。

視線を横に動かしてみる。視界の隅に、三井の顔が映った。

この状況にも、動揺しているようには見えない。かなり腹の据わった人物のようだ。こういうタイプは、必要とあらば、迷うことなく引き金を引く。

「三井。止せ」

聞こえて来たのは、山縣の声だった。

この隙《すき》をついて、仙道の救出をしていたらしく、彼を連れた公香が隣にいた。

「山縣か……」

「なぜ、こんなことをする？」

「守るためだ」

「人を殺すことが……か？」

「違う！」

三井が、初めて感情を露《あら》わにした。

「何が違う？」

「今、仙道を殺さなければ、多くの人が死ぬことになるんだ。私は、自分の責任として、それを止めなければならない」

「誰かを殺して、果たされる責任などない。三井、お前だって、それくらい分かるだろ」

山縣の声は、今にも泣き出しそうだった。

真田は、これほどまでに哀《かな》しげな山縣の姿をかつて見たことがなかった。

「山縣、頼む。信じてくれ」

三井が掠《かす》れた声で言った。

山縣は、返事をすることなく、じっと三井を睨《にら》み付ける。

長い沈黙が流れた。

山縣と三井の間では、何かが通じ合っているようでもあった。

――この隙を突いて。

一瞬そう思った真田だったが、ダメだった。

さっきまで伸びていた男が、もう起き上がり89式自動小銃を手にしていた。今、反撃すればたちまち蜂の巣だ。

〈真田、少しだけ右にズレろ〉

諦《あきら》めかけたとき、イヤホンマイクから、鳥居の声が聞こえた。

――これぞ天の助け。

「お前、いい加減にしろよ」

真田は食ってかかるふりをして、身体を少しだけ右にズラした。

と同時に、風を切るような音がした。かと思うと、三井の握っていた拳銃《けんじゅう》が弾き飛ばされた。

遠距離から、競技用のエアライフルで鳥居が狙撃したのだ。

正確無比かつ、音の無いエアライフルでの狙撃は、ある意味実弾より怖いかもしれない。だが、感心している暇もない。

真田はすぐに身体を翻《ひるがえ》し、89式自動小銃を持った男の腹を蹴り上げた。

男は、反動でよろよろと後退《あとずさ》る。

それを逃がすまいと、距離を詰め、拳を振りかぶった真田だったが、それを振り下ろすことはできなかった。

男は、素早く89式のストックを、真田の顔面めがけて突き出す。

カウンターをもらったかっこうになり、真田は仰向《あおむ》けに倒れ込んだ。

目がチカチカする。

「この野郎」

立ち上がろうとした真田だったが、それより早く、男が銃口を眼前に突きつける。

銃を持っている奴《やつ》は、とかくそれに頼ろうとする傾向がある。だが、ときと場合によっては、素手の方が有利なことがある。

真田は、下から男の股間《こかん》を蹴り上げると、そのまま反動を使って起き上がった。

「油断大敵ってね」

男に追い打ちをかけようとした真田だったが、それは叶《かな》わなかった。

ピカッと何かが光ったかと思うと、巨大な破裂音とともに、目の前が真っ白になった。

あまりの光に、目が痛む。

真田は思わず蹲《うずくま》り、目頭を押さえた。

「閃光弾《せんこうだん》だ」

山縣の声が、微《かす》かに聞こえた。

油断していたのは、こっちの方なのかもしれない。

しばらく、目をしばたかせていると、ようやく目が慣れて来た。顔を上げると、走って倉庫を出て行く三井の背中が見えた。

「逃がさねぇよ」

立ち上がった真田は、近くにあったバイクに駆け寄り、またがると同時にエンジンを回した。

「真田！　行くな！」

背中に山縣の声は届いていた。

それでも、真田は止まらなかった。

スロットルレバーを捻《ひね》り、一気に加速した——。

二十

柴崎は、暗澹《あんたん》たる思いを抱えて署に戻った。

仙道を守ることができなかった。そればかりか、目の前にいる三井をみすみす逃がしてしまった。

状況は伊沢に報告し、黒の４ＷＤを追うよう緊急配備してもらったが、間に合うかどうかは怪しいところだ。

民間人であるファミリー調査サービスの面々に、あとを託すしかない自分を、歯がゆく思う。いや、情けないと言った方がいいかもしれない。

仙道に、もしものことがあれば、それは自分の責任だ。

「柴崎警部」

椅子《いす》に座り、煙草《たばこ》に火を点《つ》けたところで、松尾が声をかけて来た。

「どうした？」

「お預かりしていたデータのロックが解除できました」

松尾が言っているのは、三井が山縣に渡したデータのことだ。そのデータにはパスワードによるロックがかかっていて閲覧することができなかった。

柴崎は、真田からそのデータのロックの解除を依頼されていたのだ。

「どうだった？」

訊《たず》ねながら顔を上げた柴崎は、思わずぎょっとなった。

松尾の顔が真っ青だったからだ。

今にも、倒れてしまうのでは——と疑いたくなるほどだ。体調というより、精神的なものであることが分かった。

「とにかく見て下さい」

そう言って、松尾はファイリングされた書類を差し出して来た。

これがデータの中身ということだろう。

柴崎は、書類に目を通し始めた。

そこに書かれていたのは、とんでもない計画の内容だった。

金城が主導し、旧ソ連の崩壊後に流出した核爆弾の一つを、中東のR国を経由して入手。その後、貨物船〈劉備号《りゅうび》〉を使って核爆弾を日本に運搬する。日本の排他的経済水域二百海里に入る前に、核爆弾を別の船に積み替える。その上で、貨物船〈劉備号〉を敢《あ》えて海上保安庁の巡視船に発見させる。そこに注意が注がれている隙に、積み替えた別の船で日本に核爆弾を持ち込むというものだ。海上保安庁の船の数は少ない。何か事件が起きれば、そこに警備が集中し、他が手薄になる。弱点を見事に突いた作戦だといえる。

計画書の内容は、さらに続く。

持ち込まれた核爆弾は、東京湾に運ばれ、そこで――。

「何てことだ……」

柴崎は呟《つぶや》き、思わず煙草のフィルターを嚙《か》んだ。

やはり核爆弾を爆発させるつもりでいるらしい。もし、そんなことが実行されれば、どれほどの被害をもたらすのか、想像もできない。

「それともう一つ。さっき、公安の鈴本さんから、柴崎さんに渡してくれとこれを……」

松尾がもう一つ資料を手渡して来た。

それは、ある人物の、経歴を調査したものだった。

文字を読み進めていくうちに、柴崎は血の気が引いていくのを感じた。動悸《どうき》が収まらない。

――おれたちは、とんでもない勘違いをしていた。

その現実を噛みしめるに至り、頭に激しい衝撃を受け、そのまま倒れてしまいそうだった。

「何てことだ……」

これが真実であるなら、全《すべ》てがつながる。

柴崎は、すぐに携帯電話を手に取り、山縣に電話を入れた。だが、いくら待ってもコール音が鳴り響くばかりだった。

柴崎は、勢いよく部屋を飛び出した。

二十一

「待て！」

真田は声を上げながら、三井と男の背中をバイクで追いかけた。

男が振り返り様に、89式を構えた。

真田は、重心を左右に移しながら蛇行する。

男が引き金を引き、連続した銃声が響いたが、弾は当たらなかった。的が絞れなければ、そうそう当たるものじゃない。

「まずは、お前から」

真田は前傾姿勢を取り、一気に加速しながら、男の脇《わき》を駆け抜ける。

身体《からだ》を仰《の》け反《ぞ》らせ、男は尻餅《しりもち》をつく。

真田は、後輪をドリフトさせて方向転換すると、再び男に向かって突進する。

今度は駆け抜けるタイミングで、男の持っている89式自動小銃を蹴《け》り上げた。

男の手を離れた89式自動小銃は、コンクリートの地面を滑り、そのまま海に落ちた。

これで、向こうも丸腰だ。

さすがに、三井も男も足を止める。

「逃がさねぇよ」

ここで、ようやく真田にも余裕の笑みが生まれた。

バイクを降りて、ゆっくりと三井に歩み寄る。三井は、黙ってそれを待っているという感じだった。

「これで終わりだな」

「三井さん。先に行って下さい」

男が、三井と真田の間に割って入る。

どうやら三井は、人望の厚い男のようだ。誰かに、身を挺《てい》して守られる男は、そうそういない。

「三井。こんなことは、もう止《や》めるんだ」

声に振り返ると、山縣が駆け寄って来るところだった。

「山縣……お前は何も分かっていない」

三井が声を上げる。

「分かっているさ。日本で核爆弾を爆発させるなど、どんな思想のためであっても、やってはいけない行為だ」

「そうじゃない。おれたちが目的にしていたのは、密輸までだ」

「どういうことだ？」

山縣が怪訝《けげん》な表情を浮かべる。

何だか様子がおかしい。真田は、息を殺して、じっと様子を窺《うかが》う。

「おれたちは、核爆弾を密輸することで訴えようとしていたんだ。この国の海が、いかに危険か……日本でも、そういうことが起こり得るのだと……」

「し、しかし……」

山縣の声に、迷いが生まれた。

「それが、一年前の事件で死んだ部下のために、おれができる唯一《ゆいいつ》のことだ」

「だったら、今すぐ投降しろ。目的は果たされた」

「そうじゃない。計画に変更を加えた人間がいたんだ」

「変更？」

「そうだ。持ち込むだけのはずだった核爆弾を、爆発させようとする人間がいた。いや、最初からそうすることが目的だった。おれは、利用されていたんだ。だから……」

三井の目には、強い熱が込められていた。

山縣は、返事をすることなく、ただ正面からその視線を受け止めていた。

「山縣、信じてくれ」

三井が震える声で言った。

彼のことは、よく知らない。だが、真田には三井が嘘《うそ》を言っているようには思えなかった。理屈ではない。感覚としてそう思った。

山縣は迷っているようだった。苦い表情を浮かべたあとに、わずかに三井から視線を逸《そ》らした。

それを受けた三井は、微かに笑った。

落胆なのか、諦《あきら》めなのか、その真意は分からない。

真田には、その微笑《ほほえ》みが酷《ひど》く哀《かな》しいものに見えた。

――信じてやれよ。

そう言おうとした矢先、強い光が向けられた。真田たちを、スポットライトのように照らしている。

騒ぎを聞きつけたからか、ライトを点灯したクルーザーが近づいて来るのが見えた。

「三井。もう終わりにしよう」

仙道が歩いて来るのが見えた。その隣には、公香もいる。

「山縣、逃げろ！」

三井は、仙道を一瞥《いちべつ》したあと叫んだ。

――逃げる？　何で？

真田は困惑した。追い詰められているのは、三井の方だ。

「三井」

山縣が、苦しそうに言う。

「いいから逃げろ！」

三井が叫ぶのと同時に、一発の銃声が轟《とどろ》いた。

――え？

真田は、あまりのことに一瞬我を失った。

三井がコンクリートに膝《ひざ》を落とし、ゆっくりと倒れて行く。

――何だ。何があった？

真田は混乱しながらも振り返る。拳銃《けんじゅう》を構えている仙道の姿があった。

口許《くちもと》に薄い笑みを浮かべた仙道の目には、狂気の光が宿っていた。

「三井！」

山縣が悲痛な声を上げながら、三井に駆け寄る。

「貴様！」

89式を持っていた男が、駆け出す。

何歩も進まぬうちに、銃声とともに頭を撃ち抜かれ、仰向《あおむ》けに転倒した。

やはり撃ったのは仙道だった。

「てめぇ！」

真田が吠《ほ》えるのと同時に、仙道は銃口を隣にいる公香に向けた。

何が起きているのか、真田には分からなかった。だが、腹の底から沸き上がる怒りを、誰にぶつけるべきかだけは分かっていた。

「余計な考えは、起こさぬ方がいい」

仙道は、あくまで淡々とした口調だった。

「お前だけは、ぶっ飛ばしてやるよ」

「それが、できると思ってるのか？」

仙道の言葉に応《こた》えるように、岸辺に停泊したクルーザーから、二人の男たちが降りて来た。彼らは、89式の自動小銃で武装している。

仙道と視線で、何ごとかを確認したあと、真田に銃口を向けた。

どうやら、仙道の仲間らしい。

——やれるか？

真田は視線を走らせ、それぞれの配置を確認する。

山縣は、真田の後方。三井の倒れた場所にいる。公香は、真田の正面、五メートルほどの位置だ。隣にいる仙道に拳銃を突きつけられている。

そして、右側の海沿いには、89式を持った二人の男——。

「くそったれ……」

吐き出した言葉に、覇気はなかった。

どうあがいても分が悪い。だからといって、このまま放置すれば、全員海の藻屑《もくず》と化す。

「最初の狙撃《そげき》は、邪魔されたが、今回はいろいろ助かったよ。しかし、計画のためには、生かしておけないんでね」

仙道が、引き金に指をかける。

公香が覚悟したように目を閉じた。

――冗談じゃねぇ！

後先なんか、知ったことか。このまま、公香を見殺しにするより、幾らかマシだ。

真田は覚悟を決めて、拳《こぶし》を固く握った。

「行くぞ」

今まさに駆け出そうとした矢先、けたたましいサイレンの音が鳴り響いた。

「なんだ？」

仙道の視線が、一瞬だけそれる。

真田は隙《すき》を逃さず、素早く距離を詰めると、拳銃を握る仙道の腕を捻《ねじ》り上げ、腹に膝蹴りを叩《たた》き込んだ。

普通なら、これで終わりだ。だが、仙道はひるまなかった。

すぐに肩で真田を突き飛ばすと、拳銃のグリップで側頭部を殴りつける。

痺《しび》れるような痛みに、よろめきながらも、真田は仙道と対峙《たいじ》する。

視線がぶつかった。

仙道の目は、冷酷な光を宿していた。

とても、人とは思えない。

睨《にら》み合っている間にも、サイレンはどんどん近づいて来る。やがて、赤いパトランプを明滅させた車が一台、滑り込んで来た。

ドアが開き、中から人が出て来る。

それを確認するなり、仙道は踵《きびす》を返して走り出した。

「だから、逃がさねぇよ！」

駆け出そうとした真田の前に、山縣が立ちふさがった。

「よせ。勝ち目はない」

「だけど」

「お前、死にたいのか」

そう言って、真田の肩を摑《つか》んだのは、さっき覆面パトカーから降りて来た男だった。

間近に見て、それが誰なのか分かった。

「鈴本……」

「遅くなってすまない」

鈴本は、そう言って固く唇を結んだ。

おそらく、山縣が方々から手を回し、この場所に呼んでおいたのだろう。

真田が視線を向けると、仙道たちを乗せたクルーザーが、漆黒の海の中に溶けるように消えて行った。

真田の胸の内に、得体の知れない苛立《いらだ》ちが広がっていく。

本当は、仙道を助けるはずだった。

結果として、その仙道が二人の男を殺した。

——助けない方が、良かったのか？

真田の問いかけに、答える者は誰もいなかった。ただ、現実がそこにあるだけだ。

山縣は、ゆっくりと三井の前に跪《ひざまず》き、頭を垂れた。

その背中は、泣いているようだった——。

第三章　Critical Point

一

防波堤の縁に座った真田は、そこから見える漆黒の海に目を細めた。

こうやって見ていると、そのまま引《ひ》き摺《ず》り込まれそうな不思議な引力を感じる。

生温かい潮風が、身体《からだ》にまとわりつく。

目をやると、救急車がサイレンも鳴らさずに走り去って行くのが見えた。

搬送されるのは、三井と連れの男だ。救急車が到着する前に、呼吸も心拍も停止していた。

それを見送る、山縣の背中を見ていることができず、真田は視線を逸《そ》らした。

鈴本に続いて到着した警察車輌《しゃりょう》が、防波堤を占拠し、現場検証をやっているのが見えた。

——何もできなかった。

後悔の波が、今さらのように押し寄せ、真田から気力を奪っていく。

「やりきれないわね……」

言ったのは公香だった。隣には、鳥居もいた。

二人とも眉《まゆ》を下げ、こみ上げる悔しさを、嚙《か》み殺しているような表情だった。

真田は、返事をしようと言葉を探してみたが、何も見つからず、ただ首を小さく左右に振った。

今回は、分からないことだらけだった。

三井と仙道の関係やテロのこともある。だが、真田の心に引っかかっていたのは、もっと別のことだった。

——志乃が予見した夢だ。

最初は、三井が殺害されることを予見した。

それを防ごうと奔走した。三井を助けることは出来たが、その代わりに志乃が撃たれた。

次に志乃が予見したのは、三井が仙道を殺害する光景だった。それを、阻止するために、この港まで来た。

仙道を救うことはできたが、その仙道が三井を殺害した——。

今まで、志乃が予見した夢を信じ、ただ助けることに全力を注いで来た。それが、正しいことだと思っていた。

ところが、今回はそうではない。

――助けた命が、別の命を奪った。

自分たちの行動のせいで、より多くの命を奪ってしまったかもしれないのだ。

その想《おも》いが、真田を苦しめていた。

「山縣さん……」

公香が、声を上げる。

視線を向けると、山縣が足枷《あしかせ》でもしているような足取りで、歩いて来るのが見えた。

――痛々しい。

それが、真田の素直な感想だった。

寝ぼけ眼ではあるが、いつも策を巡らせ、周囲を鋭く観察する眼力は、今の山縣にはなかった。

まるで、死人のように濁った目だ。

「すまない。おれが、もっとちゃんとしてれば……」

真田は唇を嚙み、山縣に頭を下げた。

それは、真田の素直な感情でもあった。もっと上手《うま》くできたはずだ。そうすれば、別の結末を迎えたかもしれない。

「お前のせいじゃない」

山県は、ため息混じりに言った。

「だけど……」

「死の運命を変えるというのは、きっとこういうことなんだ」

全《すべ》てを見透かしたような山県に、真田は肝を冷やした。

彼の言う通りだ。今まで、無我夢中で突っ走って来た。だから、気づきもしなかった。誰かの運命を変えるということは、別の誰かの運命をも変えてしまうことなのだ。

だが、だからこそ――。

「おれのせいだ」

「違う！」

山県の射貫《いぬ》くような視線が、真田の身体を硬直させた。

大きく息を吸い込み、充分な間を取ってから、山県が再び口を開いた。

「お前らは、救おうとしただけだ。消えようとしている命を、救おうとした。結果がどうあれ、それを、責められる奴《やつ》なんていない」

深く染《し》み入るような山県の言葉は、真田の失いかけていた気力に、再び火を灯《とも》したようだった。

しかし、全てが払拭《ふっしょく》できたわけではない。

「おれたちが、三井を止めなければ、彼は死なずに済んだ」

「そうかもしれん。だが、それが分かっていても、あのときは三井を止めるべきだった。私はそう思っている」

山縣の肩が、微《かす》かに震えている。

自分の中で沸き上がる別の感情を、必死に押し殺しているといった感じだ。

「だけど……」

「たとえその選択が間違いだったとしても、救える命があるなら、手を差し出す。志乃は、そうやって生きてきたはずだ」

山縣の言葉に、真田は殴られたような強い衝撃を受けた。

——忘れていた。

一番近くで見ていたはずなのに。志乃がどんな想いで、他人の死と向かい合って来たのかを。

彼女は、いつも葛藤《かっとう》していたんだ。

どんな結果を招くか、分からない。それでも志乃は失われる運命にある命を救おうとしていた。

——本当に、強いな。

真田は、胸の内で呟《つぶや》いた。

「山縣さん！」

慌《あわ》てた様子で、駆け寄って来る人の姿が見えた。柴崎だった。

無事な様子の山縣を見て、一瞬だけ表情を緩めた柴崎だったが、すぐにそれを引っ込めた。

「お話ししたいことがあります」

柴崎の申し出に、頷《うなず》いて答えた山縣は、「先に帰ってろ」と短く言う。

そのまま、二人は並んで歩き出した。

二

柴崎は、山縣と一緒に、現場から百メートルほど離れた倉庫の前に移動した。

そこには、鈴本の姿もあった。

「すみません。私が、もっと早く到着していれば……」

鈴本は山縣の姿を認めるなり、深く頭を下げた。

山縣は、無表情のまま首を振る。

「君の責任ではない。むしろ、君には救われた」

「しかし……」

「今回の件で、何か落ち度があるとしたら、それは三井を信じてやれなかった、私自身だ」

山縣が、眉間《みけん》に深い皺《しわ》を刻んだ。

彼の心の底に渦巻く後悔は、ここにいる誰よりも強いだろう。

鈴本も、それ以上は何も言わなかった。

柴崎は、重苦しい空気から逃れるように、煙草《たばこ》に火を点《つ》けた。

「私にも一本もらえるか」

言ったのは、意外にも山縣だった。

彼は、喫煙を止《や》めていた。だが、こういうときに、吸いたくなる気持ちは、よく分かる。

柴崎は黙って山縣に煙草を差し出し、火を点けてやった。

「それで、どこまで分かったんだ？」

山縣が、いかにも不味《まず》そうに、煙草の煙を吐き出した。

柴崎が鈴本に視線を向けると、彼はうんと一つ頷いてから説明を始めた。

「密輸船から、核爆弾が持ち出されたのは知っていますね」

「ああ」

山縣が答える。

「その事件の少し前から、三井に不審な動きありということで、彼をマークしていたんです」

「やはり三井が？」

「正確には、三井と仙道を中心とした、海上保安庁の一部のグループです」

「彼らは、同志というわけか」

山縣が苦々しく表情を歪《ゆが》める。

その気持ちは、柴崎にも分かる。怪しいとは思いながらも、結果として騙《だま》されていた。

「だった――と言った方がいいですね」

「仲間割れがあったのか」

「はい。三井の目的は、海上保安庁の現状を、海に囲まれた日本の危うさを、世間に訴えかけることでした。そういう意味では、核爆弾を日本の国内に持ち込み、一年前の映像を公表する――それで、目的は果たされるのです」

そこまで言ったあと、鈴本も煙草に火を点けた。

平静を装《よそお》ってはいるが、その心の底に、後悔の念を宿していることが、柴崎には分かった。

「そこで、仙道と対立したわけか……」

山縣が視線を宙に漂わせる。

柴崎は頷いてから、説明を引き継いだ。

「その後の調べで分かったんですが、仙道は最初から、日本の国内で核爆弾を爆発させるつもりだったんです」

「三井は、変更された計画を、止めようとしていた……」

煙草を挟む、山縣の指先が震えていた。

「はい。三井が金城と接触したのは、仙道の真意を確かめるためだったようです。それをきっかけに、仙道は三井が邪魔になった」

「それで、仙道は三井の暗殺を企てたというわけか」

「そうだと思います」

真相を知った三井は、自分の力で仙道を止めようとした。

自らもシンパであった以上、警察に駆け込むこともできない——いや、もしかしたら、今回のことを、自らの責任だと考え、清算しようとしていたのかもしれない。

そして万が一のことを考え、信頼できる友人である山縣に、データを託したのだ。

「仙道は、なぜそうまでして、テロを強行しようとしている？」

山縣が怪訝《けげん》な表情を浮かべた。

そこが、一番の問題だった。だが、それも三井から託されたデータを分析することで、明らかになった。

「スリーパーを知っていますか？」

柴崎が訊《たず》ねると、山縣の表情が一気に強張《こわば》った。

「工作員か……」

「ええ」

柴崎は、返事をしながら、資料を手渡した。

スリーパーというのは、山縣の言うように工作員の一種だ。その中でも特殊な任務を負った者たちのことだ。

彼らは、他国に侵入し、就職し家庭を持ち、身分を偽りながら生活している。

行動を起こさない分、それだと認識するのは難しい。

普段は工作員という身分を眠らせて生活しているが、本国から指令を受けたときに、突然目を覚まし行動を開始する。

仙道は、中国の工作員だったのだ。

「なぜ、それが分かった？」

山縣の質問に、頷いて答えた鈴本が、説明を引き継ぐ。

「三井の狙撃《そげき》事件のとき、真田が押さえた狙撃手がいますよね。彼を尋問した結果、明らかになったことです」

「中国は、なぜ日本で核爆弾を？」

それは柴崎も知りたいところだった。

現在、中国にとって、日本は攻撃しなければならないほどの脅威にはなっていないはずだ。

「中国が、本当に攻撃したいのは、日本ではありません」

「アメリカか……」

山縣が、煙草の煙を吐き出しながら言った。

現在、中国とアメリカは、表立った敵対関係にないが、水面下ではつばぜり合いが続いている。

アメリカは中国の軍備拡大を警戒し、日本との合同演習などで牽制《けんせい》している。

一方の中国は、演習を自国に対する挑発行為だと非難するとともに、航行中の空母を攻撃できる弾道ミサイルの開発まで行っている。

かつてのアメリカとソ連を彷彿《ほうふつ》とさせる関係だ。

あのときも、日本はアメリカのソ連牽制のための前哨《ぜんしょう》基地の役割を果たしていた。

「おそらく。中国は、東京湾で核爆弾を爆発させることで、間接的に日本にある米軍基地に打撃を与えようとしているんです」

鈴本の説明を受け、改めて背筋に寒いものが走った。

中国にとって、アメリカの動きを封じるために、日本を攻撃することは、有効な手段だといえた。

「だが、中国が日本を攻撃すれば、アメリカとの戦争状態突入は必至だ」

山縣が冷静な口調で言った。

「だからこその、今回の事件なんです。三井やスリーパーだった仙道を利用することで、中国の行った軍事行動ではなく、国内の反体制派によるテロということにできます」

「三井は、最初から利用されていたんだな……」

山縣はだらりと両腕を垂らし、星の見えない澱《よど》んだ空を見上げた。

柴崎は、そんな山縣を見ていることができなかった。

「何にしても、ここからは、我々が総力を挙げて仙道を追います」

鈴本が、改まった口調で言った。

「頼む」

山縣は、腰を折って頭を下げた。

残念ながら、ここまで大きな話になると、ファミリー調査サービスの面々で、どうにかなる問題ではない。

国が滅ぶかもしれないという一大事なのだ。

鈴本は頷いて答えると、踵《きびす》を返して歩いて行った。

「なあ、柴崎」

山縣が、鈴本の背中を見送りながらポツリと言った。

「何です？」

「私は、なぜ三井を信じてやれなかったんだ……」

柴崎は、口をつぐんで俯《うつむ》くしかなかった。

その答えは、誰にも分からない。山縣自身にさえ、分からないだろう。

彼が指に挟んだ煙草は、すでに燃え尽きていた——。

三

「大丈夫かな？」

助手席に座った公香は、運転している鳥居に目を向けた。

鳥居は、苦笑いを浮かべた。

「それは山縣さんのことか、それとも真田か？」

「二人とも」

公香は口を尖《とが》らせた。

山縣は柴崎たちとどこかに行ったままだし、真田も「先に帰っててくれ」とバイクを走らせてどこかに行ってしまった。

今回の事件で、二人とも大きく傷つき、そして悩んでいる。

「君も、心配が絶えないな」

鳥居が目を細め、茶化すように言った。

正直、鳥居がこんなにも楽観的な人だとは思わなかった。

とは言っても、今まで、こうやって面と向かって話す機会がなく、公香の勝手なイメージに過ぎない。

「二人揃《そろ》って、すぐに自分を責めるじゃない。何だか、よく似た親子みたい」

「君だってそうだろ」

鳥居の言葉に、ビクンと心臓が飛び跳ねる。

否定できない自分がいる。九ヶ月前の事件のとき、責任の全《すべ》てを自らに見出《みいだ》し、単独行動をしたのは、誰あろう公香自身だ。

そういう意味では、志乃もよく似ている。かくいう鳥居だってそうだ。似た者同士の集まり。そう思うと、何だか笑えて来た。

「否定はしないわ」

「いい心がけだ」

「ねぇ、鳥居さんは、このあとどうするの?」

鳥居は、あくまで臨時で仕事を手伝ってくれたに過ぎない。

彼には娘の奈々《なな》がいる。妻を失ってから、男手一つで彼女を育てているのだ。

彼を頼りにしたいところだが、無理強いもできない。

「もちろん、最後まで付き合うさ」

鳥居は笑顔で答えた。

「いいの？」

「この先、山縣さんや、真田が、どんな決断を下すか分からない。だが、核爆弾を使ったテロなど、許せるはずもない」

「そうね……」

公香の背中に、ズシリとのしかかるような重みがあった。

——核爆弾を使ったテロ。

言葉にすると簡単だが、実際にそれが行われたとき、どれほどの犠牲者が出るのか見当もつかない。

「知ってしまった以上、無関心ではいられない。娘の育つ国なんだ。破滅的な未来は、見せたくない」

「そうね」

「私は、一人でも行動を起こすつもりだ」

「ちょっと、私のことを忘れないで。私だって、こんなの放っておけない」

公香は、鳥居の肩を叩《たた》いた。

「もちろん分かってる。ものの喩《たと》えだ」

「なら、いいけど」

「山縣さんも、真田も同じ気持ちのはずだ」

「そうかしら?」

公香は、どうしても懐疑的になってしまう。

あんなにも、思い悩んでいる二人を、今まで見たことがない。二人は、いつも公香にとって道しるべだった。

それを見失ったようで、公香の方が不安になってしまう。

「大丈夫だ」

鳥居の口調に迷いはなかった。

「鳥居さんって、そんなに楽観的だった?」

「こういうときは、誰かが楽観的にならないとな」

「それもそうね」

今回は、本当に鳥居がいてくれて良かったと思う。

彼のおかげで、公香は自分のやるべきことを、見失わずに済んでいる。

「さて、お喋《しゃべ》りはここまでだ」

鳥居が、車を路肩に停車させた。

事務所は、まだまだ先のはずだ。なぜ、ここに停めたのか——公香が目で訴えると、鳥居は照れ臭そうに笑った。

「三井が収容されたのは、この病院だ」

鳥居に釣られて視線を向けると、大きな病院の建物が見えた。救急指定の総合病院だろう。

「それで?」

「おそらく、ここで待っていれば、山縣さんは来るはずだ」

「そう……」

「真田には、志乃がいる。だが、山縣さんは一人だ。彼の哀《かな》しみを、支えてやる人間が必要だと思ってね」

得意そうな鳥居の表情が、腹立たしい。

「そういうのって、余計なお世話って言うのよ」

「知ってるよ」

鳥居が、いかにも楽しそうに笑った。

公香の中で、ますます鳥居のイメージが変わりそうだった。

四

ベッド脇《わき》に座った真田は、そっと志乃の手を握った。

その温《ぬく》もりに触れたことで、少しだけ心が安らいだような気がした。

長い睫《まつげ》を伏せ、静かに眠りにつく志乃の顔は、今までのことが全て嘘《うそ》だったかのように穏やかなものだった。

今にも、目を開けて微笑《ほほえ》みそうに思える。だが、それは錯覚だ。

志乃は昏睡《こんすい》状態から目覚めないし、さっき起きたことは、紛れもない現実だ。

予見した未来とは違う。すでに終わってしまった過去なのだ。どうあがいても、変えることはできない。

「ごめん……おれ、守れなかった」

口にしたことで、目頭がじわっと熱くなる。

萎《しぼ》みかけていた後悔が、一気に膨張する。

——何もできなかった。

いや、違う。自分のやったことが、より多くの悲劇を生み出してしまった。

真田は、聞こえていないことを承知で、この一日の間に起きたことを、ポツポツと志乃に語り始めた。

仙道を救おうと奔走した。それが正しいことだと思った。

彼を救いはしたが、今度は、仙道が三井ともう一人の男を射殺した。

なぜ、三井が仙道を殺そうとして、なぜ、仙道が三井を殺したのか、真田にはその理由が分からない。

ただ、分かっているのは、より多くの人が死んだという事実だけだ。

人の死が、単純な足し算で済む問題でないことは分かっている。だが、それでも――。

「おれは、どうすればいい？」

最後に問いかけてみた。

答えは返って来ない。

自分の無力さを痛感し、自信を無くした上に、昏睡状態の志乃に救いを求めている。つくづく情けない男だと思う。

もし、志乃が昏睡状態でなければ、何と言っただろう。

真田は志乃の手を、自らの頬に押し当て、その肌の感触を確かめながら目を閉じた。

――そんなに、哀しい顔しないでよ。

志乃の声が聞こえた。

それは、本当に志乃が喋ったのか、あるいは真田自身が作り出した幻聴か――目を開けて、それを確かめる勇気はなかった。

「ごめん。おれは……」

――運命を変えてみせる。真田君は、そう言ってたじゃない。

確かに、それは真田が言った言葉だ。

志乃に、初めて会った頃のことだ。

根拠なんて無かった。だからといって、迷いがあったわけではない。ただ、変えてやりたい。救いたい。その一心から出た言葉だ。

正しいか、間違っているかも考えなかった。

人の命を救うのに、理由など必要ないと考えていた。

「そうだな。そうだったな……」

真田は、掠《かす》れた声で呟《つぶや》いた。

自分の声が、ずいぶん遠くに聞こえた。

水に浮いているような、不思議な感覚だった。

――これは、何だ？

真田の意識は、疑問とともに、深い闇《やみ》の中に墜《お》ちて行った――。

五

山縣が現われたのは、それから一時間ほど経《た》ってからだった。

背中を丸め、身を屈《かが》めるようにして、夜間出入口から中に入って行った。

遠目にも、それはいつもの山縣と違うことが分かる。

「出番だぞ」

運転席の鳥居が、顎《あご》をしゃくるように合図する。

まさか、鳥居がここまでお節介な男だとは思わなかった。

「分かってるわよ」

公香は、投げやりに言ってから車を降りた。

夜だというのに、むわっとアスファルトから熱気が立ち上っている。

ゆっくりと歩き始めた公香は、一度だけ振り返り、心の中で「ありがとう」と鳥居に感謝した。

お節介ではあるが、公香が望んでいたことでもある。

公香が夜間出入口に足を踏み入れたときには、もう山縣の姿は見えなくなっていた。

受付に立つ警備員に、三井の関係者だと嘘を吐《つ》き、安置されている場所を聞きだしてから中に入った。

夜の病院は、静まり返っていて、自分の足音が必要以上に大きく聞こえた。

廊下を真《ま》っ直《す》ぐ進み、エレベーターで地下一階に下りる。

――何て声をかければいい？

今になって、その疑問が頭の中に浮かんだ。

公香は、三井がどんな男だったのか、山縣とどういう関係だったのか、ほとんど知らない。

そんな自分が、かける言葉を持っているとは思えない。

迷っているうちにエレベーターの扉が開いた。

公香は、おそるおそるといった感じで、廊下を歩き出す。

やがて、霊安室のドアが見えて来た。息を吞《の》み、ドアの前で足を止めた。

「……す……ない」

ドア越しに、微《かす》かに声が聞こえた。

それは、紛れもなく山縣の声だった。だが、酷《ひど》く弱々しい。

「すまない。私のせいだ。すまない……」

今度は、はっきりと聞き取れた。

後悔の波に打たれ、ただひたすらに謝っている。

——なぜ、そんなに謝るの？

公香は、じっとドアに目を向けた。この向こうで、背中を丸めて、頭を下げている
山縣の姿が、容易に想像できた。

「すまない。本当に、すまない」

——また、聞こえた。

公香の中で、押さえていた感情が、一気に噴き出した。気がついたときには、ドア
を開けていた。

「謝ったって、何も返ってこないわよ！」

山縣が、目を丸くして飛び退《の》くようにして振り返った。

想像より大きな声を出したことに、公香自身も驚いてしまった。

しばらく、お互いに見合ったままだった。

「分かってる」

やがて、呟くように山縣が言った。

「だったら……」

「分かっているさ。だが、どうしても謝りたかったんだ。私は、三井を信じてやれなかった……」

「山縣さん……」

公香は、ぐらぐらと揺れる感情を押さえて、じっと山縣を見つめた。

「三井は昔から、自己犠牲の精神の強い男だった。誰かのために……そういう不器用な生き方しかできなかった」

「そう……」

「友人ではあったが、頼っているのは、いつも私ばかりだった」

山縣が大きく息を吸い込んだ。

「うん……」

「それなのに、私は三井が苦しんでいるときに、何もしてやれなかった」

「そんなこと……」

「信じることすら、できなかった……」

山縣は、血管が浮き上がるほどに強く拳《こぶし》を握り、絞り出すように言った。

「でも、疑ってたわけじゃないでしょ」

「信じてもいなかった」

山縣が、ベッドの上で冷たくなっている三井の肩に、そっと手を置いた。

公香の脳裏に、あの瞬間のことが蘇《よみがえ》る。

三井は死ぬ直前、山縣と目を合せ、ほんの一瞬だけ表情を緩めた。それは、本当に嬉《うれ》しそうな顔だった。

そう思うと、亡骸《なきがら》となった三井も、微笑んでいるように見えた。

「きっと、分かってたわよ」

「分かる？」

山縣が首を傾《かし》げる。

「山縣さんの気持ち」

「私の？」

「私は、ずっと気付いてた。いろいろ疑惑が出る中で、山縣さんは、三井さんを信じようとしてたんでしょ」

本当は、今になって分かったことだった。

事件が起こってから、三井に対する疑惑が、次々と浮上した。それでも山縣は三井を信じようとしていた。

らしくない発言や、行動は、全《すべ》て山縣のその想《おも》いから来ていたのだ。

──何で、もっと早く気付いてやれなかったのかな。

今さらになって、公香は自分を責める。

「私は……」

「三井さんも、それを分かってたわよ。だから、大事なデータを山縣さんに託したんでしょ。私たちは、それに応《こた》える義務がある」

「そうだな。その通りだ……」

山縣が笑顔で顔を上げた。

その目には、涙が滲《にじ》んでいた。

彼は、いつでもそうやって自分の感情を閉じ込める。だから、必要以上に苦しむ。

そんな姿を見るくらいなら──。

「泣いちゃえば」

「は？」

さすがの山縣も、呆気《あっけ》に取られた表情だった。

だが、公香は冗談を言ったつもりはない。本気だった。

今、ここでありったけの感情を吐き出して、それで前に進めばいい。

涙を堪《こら》えていたら、見えるものも、見えなくなる。

だから――。

「泣きたいなら、泣けばいいのよ。大丈夫。真田と志乃ちゃんには、内緒にしとくから」

「バカを言うな……」

笑い返した山縣だったが、その表情はすぐに崩れた。

唇を噛《か》み、目を固く閉じて、「ぐっ」と唸《うな》った。零《こぼ》すまいと思っていたのだろうが、涙は瞼《まぶた》の隙間《すきま》から流れ出して来る。

やがて、山縣は力なく跪《ひざまず》き、三井の亡骸にすがるように嗚咽《おえつ》した。

部屋にこだまする、その泣き声を聞きながら、公香は自分の目からも涙が零れ出しているのに気付いた。

――何で私まで泣いてんの？

六

「さな……だ……くん……」

誰かに呼ばれた気がした——。

それでも真田の意識は判然としなかった。

「真田君！」

今度は、はっきりと聞こえた。

よく知っている声だった。

真田の意識は、一気に覚醒《かくせい》した。

目をしばたかせると、朧気《おぼろげ》だった視界が像を結び、志乃の顔が浮かび上がった。

「志乃」

「また、会えた」

志乃が白い歯を見せて笑った。

——志乃が目を覚ました。

そう思った真田だったが、すぐにそれは否定された。

志乃は、自分の足で立っていた。そして、真田がいるのは病室ではなく、どこだか分からない穴蔵のような空間だった。

水の流れる音がする。

「ここは？」

真田が訊《たず》ねると、志乃が表情を固くして首を左右に振った。

「ここは、志乃の夢なんだな」

立ち上がりながら言う。

志乃は俯《うつむ》き、小さく「多分……」と口にした。

哀《かな》しげな肩に触れようとしたところで、真田の脳裏を、港での出来事が走馬灯のように駆け抜けていく。

「おれ、志乃に謝らないといけないことがある」

「知ってる」

「え？」

志乃が顔を上げた。

「聞こえてたから。真田君の声……」

「そっか」

「でも、真田君が謝ることじゃない。あたしが、あたしの夢がいけないの」

「違う！」

真田は、志乃の肩を強く摑《つか》んだ。

何がどう違うのか、説明することはできない。それでも、違う。

「でも、あたしが……」

「そうじゃない。運命なんて、誰にも分からないんだ。相手がどんな奴《やつ》であれ、目の前で死にかけてる奴を、放置するなんてできない。そうだろ」

さっき、山縣から聞いた言葉の受け売りだった。

不思議なものだ。志乃を励ますつもりの言葉だったが、実のところ自分自身に向けられていたのだ。

「うん」

志乃が小さく頷《うなず》くのを見て、真田はようやく笑うことができた。

彼女には、人の心を和ます何かがある。

そんな安穏とした空気を切り裂くように、銃声が轟《とどろ》いた。

視線を走らせると、コンクリートで囲われた地下水路のような場所に、一艘《そう》のボートが浮かんでいた。

その上に、腹から血を流して倒れている男の姿があった。

「な、何だ。これ……」

真田は、思わず声を上げた。

そこにいたのは、誰あろう真田自身だったからだ。

「真田君……」

志乃があえぐように言った。

夢の中の真田の前に、一人の男が立った。仙道だった。

彼は、うっすらと笑みを浮かべると、真田の額に銃口を突きつけた。

「残念だったな」

「クソッタレ」

夢の中の真田が、中指を立てた。

それを失笑で返した仙道は、引き金を絞った。

「真田君！」

志乃の叫びと、銃声が重なった。

額の真ん中に弾丸を受けた、夢の中の真田は、人形のようにパタリと倒れた。

——おれは、死ぬのか。

そのことが頭の中の、ほとんどを支配していた。

仙道が、満足そうに微笑《ほほえ》んだかと思うと、手に持っていたスイッチを押した。

その途端、目の前がブラックアウトした。

締め付けるような頭蓋《ずがい》の痛みのあと、次に目に飛び込んで来たのは、海だった。

上空から、海を見下ろしているといった感じだ。

レインボーブリッジが見える。その先には、東京タワーがあった。おそらくは、東京湾だ。

複数のヨットが停泊している、マリーナのような場所が見えた。

その中で、一艘だけマストの赤いヨットが見えた。

——これは何だ？

疑問に思うのと同時に、目の眩《くら》むような閃光《せんこう》が放たれた。

一キロ四方にあるもの全てが、蒸発して消えてなくなった。

強烈な熱をもった爆風が波紋のように広がり、建物をあるいは人を、次々と呑《の》み込み、吹き飛ばしていく。

轟音《ごうおん》とともに、黒いキノコ状の煙が、天高く舞い上がる。

——何があった。

その答えを見つける前に、真田の意識は暗澹《あんたん》たる闇《やみ》の中に墜《お》ちて行った——。


真田が目を覚ましたのは、病院のベッド脇《わき》にある椅子《いす》の上だった。

志乃は、相変わらず目を閉じたままだった。

その頰を涙が伝っている。

「志乃……」

呟《つぶや》いたあとに、自らの手に目を向けた。

指先は小刻みに震え、掌《てのひら》にはびっしょりと汗をかいている。

夢の中で死んだのは、誰あろう真田自身だった。今までに感じたことのない恐怖が、身体《からだ》の芯《しん》を突き抜けていく。

状況から考えて、行動を起こせば、死ぬことになるかもしれない。

だが——。

そのあとに見た、巨大な爆発が脳裏を過《よ》ぎる。

あれは、ただの爆発ではない。あの夢は、危惧《きぐ》していた核爆弾によるテロが、行われることを示している。

東京湾で核爆発が起これば、間違いなく何百万人という犠牲者が出る。

日本が国としての機能を失うのは明白だ。

——行かないで。

きっと志乃なら、そう言うだろう。

真田は立ち上がり、震える指先で志乃の頬に触れた。温かかった。

誰だって、自分が死ぬのは怖い。でも、行かなければ、たくさんの人が死ぬ。真田には、守りたいものがある。

真田は、強い意志を込めて拳《こぶし》を握った。

震えが止まった——。

「志乃。おれは行くよ」

真田は、病室をあとにした。

七

柴崎は、起き抜けで煙草《たばこ》に火を点《つ》けた。

といっても、港から署に戻り、椅子に座ったまましばらく目を閉じて仮眠のようなものをとっただけだ。

三口ほど吸ったところで、煙草を灰皿で揉《も》み消し、鈴本から受け取った仙道に関する資料に改めて目を通した。

その経歴は、巧妙に隠されていた。

もし、仙道が警察に潜り込もうとしたのであれば、入庁する前にその素性が暴《あば》かれただろう。警察では、素性はくまなく調査されるからだ。

だが、海上保安庁は国土交通省の外局という位置だ。そこまで、詳しくは調べられていなかったのだろう。予算の無さが、こういう穴を生み出すのかもしれない。

彼は、長きにわたり、海上保安庁職員としての職務をこなしながら、虎視眈々《こしたんたん》と目覚める機会を窺《うかが》っていた。

考えただけでぞっとする。

しかも、事件に関与しているのは、仙道一人ではない。他にも複数の工作員が潜り込んでいる。

果たして、テロは阻止できるだろうか——。

柴崎が、頭を抱えたところで、携帯電話に着信があった。鈴本だった。

「柴崎です」

〈お耳に入れておきたいことがありまして〉

「何です？」

　昨日の今日だ。嫌な予感が頭を過ぎる。

〈大黒埠頭《ふとう》の倉庫から、核爆弾と思われる物が発見されました〉

「例の密輸されたブツですか？」

〈確認作業を急いでいますが、その可能性が高いです〉

「そうですか……」

　ほっとするのと同時に、溜《た》まっていた疲労が、一気に噴き出したようだった。

　これで、最悪の事態は免れた。

〈柴崎さんからお借りした資料に、保管場所が記載されていました〉

　三井が命を賭《と》してもたらした情報が、最悪の事態を防いだ。そう思うと、少しだけ気持ちが楽になった。

「これで、ようやく眠れます」

〈そうですね。しばらくは、警戒を続けますが、取り敢《あ》えずは一安心です〉

　鈴本の声も、心なしか軽かった。

　柴崎は電話を切ってから、新しい煙草に火を点けた。

「柴崎警部」

安堵《あんど》した気分に水を差すように、松尾が、部屋に入って来た。

その表情はいつになく硬かった。腹の底に、何やら鬱積《うっせき》した感情を秘めているのが分かった。

「横浜港の事件……柴崎警部は知っていたんですか?」

松尾が声を低くして言った。

もうそこまで情報が回っているのか――驚きはしたが、それは一瞬のことだった。

あれだけの騒ぎを起こしたんだ。知っていて当然だ。

「知らなかった。おれが現場に行ったのは、終わったあとだ」

「お一人で?」

「ああ」

「おれは、何も知らされてません」

「言えることと、言えないことがある。理解してくれ」

柴崎は、そう返すのがやっとだった。

だが、それでは松尾は納得しなかった。

「どんな事情があるかは、知りません。ですが、それでは信じることができません」

松尾の視線は、どこまでも真摯《しんし》だった。前回の事件のときも、その前のときもそうだった。松尾は、事情も知らずに柴崎についてきてくれた。

だが、柴崎はいつの間にか、他の誰かを信じることができなくなっていた。度重なる裏切りにあい、痛い目を見たせいだ。信頼できる人間と、そうでない人間の、判別ができなくなっている。

——私は、なぜ三井を信じてやれなかったんだ。

昨晩、山縣が言った言葉が、耳の裏で聞こえた気がした。

あのときの山縣は、酷《ひど》く哀《かな》しい顔をしていた。

こういう世界に生きていると、情報に惑わされ、その本質を見失い、誰を信じればいいのか分からなくなる。

柴崎は、松尾から視線を逸《そ》らした。

深く考えるのは止《や》めよう。人を信じるか否《いな》かは、頭で考えるものではない。心が感じとるものだ。

「おれの話を、信じられるか？」

「はい」

柴崎の問いに、松尾が即答した。

迷いはない。心に命ぜられるままに、真《ま》っ直《す》ぐに突き進む。若さ故《ゆえ》なのかもしれないが、そんな松尾を羨《うらや》ましく思った。

「発端は、二年前の中西運輸の事件だ……」

柴崎は奇妙な感覚を覚えながらも、松尾に志乃の能力も含めて、今回の事件までの顚末《てんまつ》を語って聞かせた。

それは、想像以上に長い話になった。

松尾はときおり、驚いた表情を見せながらも、黙って柴崎の話を聞いていた。

全《すべ》てを話し終えたあと、嘲笑《ちょうしょう》されるのを覚悟していたが、松尾の反応はまったく別のものだった。

「ようやく謎《なぞ》が解けました」

松尾の表情は、晴れやかだった。

「信じるのか？」

「最初に、そう言いました」

松尾が笑ってみせた。

——そうだな。

信じることは、難しいと思っていた。だが、そうではないことを、松尾から教わった気がする。

八

公香は、驚きをもって真田の言葉を聞いた。

真田は帰って来るなり、山縣と公香を応接室に呼び出し、堰《せき》を切ったように、志乃の夢の話を始めたのだ。

ボートの上で、頭を撃ち抜かれて殺される男。

そして、東京湾で起こる核爆発――。

とても信じられないようなことだが、現在の状況を考えれば頷《うなず》ける。

「それで、ボートで殺される男が誰なのか、分かったのか?」

話を聞き終えたあと、山縣が顎《あご》をさすりながら訊《たず》ねた。

「顔は見てない」

真田が、鼻の頭をかきながら言った。

口には出さなかったが、山縣は何かを感じとっているようだった。それは、公香も同じだ。残念ながら、真田は嘘《うそ》を吐《つ》くのが上手《うま》くない。

浮気をすれば、即座にバレるタイプだ。

「で、どうするの？」

公香は、喉《のど》まで出かかった思いを押し込んで、山縣に視線を向けた。

山縣はしばらく視線を宙に漂わせたあと、「うん」と一つ頷いてから口を開いた。

「真田の話で、いろいろ見えて来たことがある」

「何？」

「さっき鈴本君から、密輸された核爆弾を発見したという連絡を受けた」

「じゃあ、真田の夢は間違いってこと？」

「違う。おそらく発見された核爆弾は、ダミーだ」

「え？」

意表を突かれた公香は、自分でも驚くくらい素《す》っ頓狂《とんきょう》な声を上げた。

「今回、三井からテロの計画書が漏れたことで、公安を始め、様々な機関が目を光らせている。そんな中でテロを行っても、成功率は下がる」

「そうね」

「だから、ダミーを発見させることで、隙《すき》を作り出したんだ」

「真田が夢で見た爆発が、それだってこと?」

「おそらく……」

山縣は大きく頷いた。

考え方としては納得できる。だが、分からないところもある。

「ダミーの爆弾なんて、すぐにバレるんじゃない?」

「爆弾は、放射能漏れを防ぐために、特殊な容器に入っている。街中でいきなり開けて確認するわけにはいかないだろ」

「そっか……」

ただの爆弾ではない。核爆弾なのだ。

確認するには、それなりの時間が必要になる。

「状況から考えて、核弾頭は東京湾のどこかにあって、仙道が、その起爆装置を持っている……と考えた方がいいな」

「そうね」

公香は、山縣の意見に同意した。

「核弾頭の方に、時限式の起爆装置がある可能性もある。両方を確保しないと、危機は回避されない」

「人手が足りないわね」

公香は、両手を広げてお手上げのポーズ。

一口に東京湾といっても、かなりの広さがある。見つけられるかどうか、正直怪しいところだ。

「そうだな。そっちは、真田から詳細な情報をもらい、柴崎君と鈴本君に当たってもらおう」

「その方がいいわね」

警察や自衛隊に真田の話をしたところで、おそらくは信じてもらえないだろう。

だが、柴崎と鈴本なら、事情を理解してくれている。彼らが見つけてくれることを祈るしかない。

「うちは、仙道の乗るボートの捜索に当たる」

「賛成」

真田が手を挙げた。

いかにも緊張感がないように振る舞っているが、その表情はどこか、ぎこちない。

「問題は、そのボートが、どこにあるかってことね」

公香は腰に手を当てた。

真田曰《いわ》く、トンネル状になった、水路のような場所ということだが、目印になる建物があるわけでもなく、特定するのはかなり困難だ。

「だいたいの見当はついている」

言ったのは山縣だった。

「どこだ？」

真田がすぐに食いつく。

「おそらく、神田川近辺だろう」

「神田川？」

山縣の回答に納得できず、公香は声を上げた。

「最初の、三井への狙撃《そげき》を思い出してくれ。なぜ、狙撃犯が逮捕されなかったと思う？」

山縣に言われて、血を流して倒れている志乃の顔が浮かんだ。

志乃を撃った男は、近くに停泊させたボートで逃走を図った。そして、今に至るもその行方は分かっていない。

「さあ？」

公香は首を傾《かし》げた。

「東京には、古い水路や水門が、数え切れないほど交錯している。川が増水したときの放水路も合わせると、かなりの数の川が地面の下を流れている。ボートを隠す場所なんて、いくらでもあるさ」

公香は「なるほど」と一度は納得したものの、別の疑問が頭を過《よ》ぎる。

「そんなところで、核爆弾なんか爆破させたら、自分たちもヤバイんじゃないの？」

「中国の工作員が、そんなこと考えると思うか？」

睨《にら》み付けるような山縣の視線に、ドキリとした。

「それは……」

「自らを含め、人命を尊重するような奴《やつ》に、工作員やテロリストは務まらない」

「そうかもね……」

返事をすると同時に、悪寒《おかん》が走った。

失われゆく命を守ろうとしている志乃とは、大違いだ。

命を賭《か》けるのだから、彼らには、彼らなりの理念があるのだろうが、だからといって、歴史に残るような悪行を許していいはずがない。

「そうと決まれば、さっそく探しに行きますか！」

真田が、意気揚々と立ち上がった。

「少し落ち着け。闇雲《やみくも》に探して、見つかるものではない」

山縣が、睨み付けるようにして真田を制した。

確かにそうだ。さっき山縣は、ボート程度の船舶であれば、隠せる場所はいくらでもあると言っていた。

ある程度の当りを付けなければ、発見するのは困難だろう。

「じゃあ、どうすんだよ」

真田がふて腐れた子どものように、口を尖《とが》らせる。

「夢の話を元に、こちらで絞り込みをやる」

山縣の意見に異論はない。だが――。

「それでも、見つけるのは大変よ」

「百メートル以内に入れば、発信器が使える。そうだろ公香」

「あ！」

山縣に言われるまで、公香自身が忘れていた。

「どういうことだよ」

真田が怪訝《けげん》な表情を浮かべる。

「昨日、仙道に発信器を仕掛けたの」

仙道に拳銃《けんじゅう》を突きつけられたとき、公香は咄嗟《とっさ》の判断で、彼のポケットに発信器を忍ばせておいた。

どうやら山縣は、それを見ていたようだ。

「さすが公香。たまには、やるじゃん」

真田に褒められると、何だか癪《しゃく》に障《さわ》る。

「たまには……ってどういうことよ」

「そう怒るなよ」

真田がおどけた調子で言う。

彼にもしものことがあれば、こうやってじゃれ合うこともなくなる。それを思うと、息が詰まる思いがした。

「場所の特定をしている間、真田は足を手配しろ」

「足？」

山縣の指示に、真田が顔をしかめた。

「仙道は水路にいるんだ。こちらも、ボートか何かを手配しなければ、発見のしようがない」

「なるほど」

真田が指をパチンと鳴らした。

九

真田は、複雑な心境のままバイクを走らせていた。

自分が死ぬかもしれない——という怖《おそ》れはある。だが、それ以上に、山縣や公香に本当のことを話さなかったという、罪悪感の方が強かった。

夢の中で死んだのは、真田自身だった。にもかかわらず、知らない男だと言い張った。

もしそれを口にすれば、山縣や公香は、真田を外すだろう。

何も真田は、ただ単に向こう見ずな考えから、その事実を隠したわけではない。夢が正しいのだとすれば、少なくとも真田は仙道のいる場所に辿《たど》り着けるのだ。

そうなれば、爆発を阻止できる確率は、飛躍的に上がる。

失敗したらどのみち、爆発に巻き込まれて助からないのだ。だったらやるしかない。

決意を新たにしたところで、河合のバイクショップに到着した。

ガレージの前にバイクを停めると、中から河合が顔を出した。

「今のところ無事だな」

河合は、ポンポンとバイクの赤い車体を叩《たた》いた。

「だから、そう何度も壊すかよ」

「壊されたら、たまったもんじゃない。それで、今日は何の用だ?」

河合が軍手を外しながら訊《たず》ねる。

「ちょっと、問題があってさ」

「何だ?」

「水の上を走れるバイクってある?」

河合は目を丸くして、呆気《あっけ》にとられたような顔をした。が、すぐにそれは冷ややかなものに変わった。

「バイクは陸を走るもんだ。そんなことも、分からなくなったのか?」

「それくらい、知ってるって」

真田はバイクから降りて、口を尖らせた。

わざと言っているのだろう。

「だったら、バカなこと聞くな」

「だから、そうじゃなくて、水上バイクとか、そういうのだよ」

「それを言うなら、ジェットスキーだ。バカ」

名称なんて、どうでもいい。いちいちうるさい男だ。

とはいえ、ここで下手に反論して、機嫌を損ねられたら、いろいろと面倒なことになる。

「そう。それ」

「残念だが、うちにはない」

河合は軍手をポケットに押し込み、ガレージの奥に向かって歩いて行く。

真田は、そのあとを追いかけて食い下がる。

「手配できないのか？」

「できない」

即答である。考える気もないようだ。

——他を当たるか。

舌打ちを返した真田だったが、ガレージの奥に、話題のジェットスキーが置いてあるのを目に留めた。

「あるじゃんか」

「アホ。あれは、客の物だよ。整備で戻って来てるだけだ」

河合が、ハエでも追い払うように手を振る。

残念だが、真田はその程度のことで諦《あきら》めるタマではない。

「頼むよ。人の命がかかってるんだ」

「誰の？」

「千三百万人の東京都民だ」

「そりゃ大変だな」

河合は、ふんと鼻を鳴らした。

規模が大きすぎて、現実味が湧《わ》かなかったようだ。作戦を変えた方がいいかもしれない。

真田は、改めて河合に向き直った。

「公香が死んでもいいのか」

「何？」

河合の表情が一変した。分かり易《やす》い男だ。

河合は公香の話題になると、途端に目の色を変える。

しばらく思案していた河合だったが、慌《あわ》てたように首を振った。

「おれが、何度も、そんな手に引っかかると思うか？」

そう言うと、河合は真田の額を小突いた。

前回の事件のときは、二つ返事で協力してくれた。とはいえ、そう何度も同じ手は食わないらしい。だったら――。

「公香とデート一回ってのはどうだ？」

「マジか？」

離れかけていた河合の気持ちを、吸い寄せることに成功した。

本人には、何の承諾もとっていないが、今は緊急事態だ。それに、公香だってたまには、息抜きが必要だ。

真田は、都合のいい言い訳を並べて自らを納得させた。

「マジだ。本人も乗り気なんだけど、嫌なら諦める」

背中を向けると同時に、河合に肩を摑《つか》まれた。

「お前、嘘《うそ》だったら殺すぞ」

河合が、若かりし頃の片鱗《へんりん》を覗《のぞ》かせる怖い目で、真田を睨んだ。

――作戦が失敗すれば、どのみち死ぬ。

「お好きにどうぞ」

「交渉成立だな」

真田は、河合が差し出した手を握り返した。

「実は、もう一つ頼みたいことがあるんだ」

「頼み？」

真田が口にすると、河合がいかにも嫌そうな顔をした。

だが、どうあっても協力してもらう必要がある。

それが、真田の切り札だからだ――。

十

「どうだ？」

山縣が声をかけながら、部屋に入って来た。

「もうちょっと」

公香はノートパソコンを操作しながら、チラリと目をやった。

疲労の色は滲《にじ》んでいるが、どこか清々《すがすが》しいとさえ感じる表情だった。昨晩、友のために涙を流したことで、何かが吹っ切れたのかもしれない。

それはそれでいいのだが、公香には気がかりなことがあった。

「一人で行かせて、良かったの？」

斜め後ろにいる山縣に訊ねる。

今の状況の中で、真田を一人にするのは危険な気がした。

「公香も、気付いていたか」

山縣はひどくのんびりとした口調だった。

「当たり前でしょ」

真田が夢の中で見た、撃たれて死ぬ男――。

誰か分からないと言っていたが、おそらくは、あれは真田自身だったのだろう。隠しているつもりでも、表情を見ていれば分かる。

「いくら真田が無茶でも、行き先が分からないのに、突っ走るような真似《まね》はしない」

「そういう問題じゃない」

公香は苛《いら》立《だ》ちを抱えて振り返った。

真田は、いつもそうだ。どんなときも強がって、かっこつけて、後先考えずに突っ走る。周りの心配などお構い無しに、自由に駆け抜ける。

公香は、そんな真田に呆《あき》れながらも、本当は憧《あこが》れをもって見ていた。公香は、いつでも先のことを考えて立ち止まってしまう。

本当は走りたいのに、そうしてはいけないような気になる。

だが、さすがに今回は分が悪すぎる。

「真田は、死なせない」

いつもとは違い、山縣の言葉は自信に満ちていた。

らしくないと思ってしまう。

「だったら、調査から外した方が……」

「真田が、仙道に撃たれて死ぬということは、少なくとも彼の元に到着できたということだ。真田も、それが分かっているから、隠しているんだ」

山縣が、公香を遮るように言った。

理屈は分かる。真田が調査にかかわっていた方が、仙道に辿り着ける可能性は高くなるだろう。

「だけど……」

「真田が死んだら、どのみち全員死ぬんだ」

山縣の言葉は重かった。

真田の見た夢は二つある。仙道に撃ち殺される夢と、東京湾で核爆弾が爆発する夢だ。山縣の言う通り、阻止できなければ全員死ぬ。

頭では理解したが、やはり心が受け容《い》れない。真田を人柱にするような気がしてしまう。

「だけど、やっぱり真田には死んで欲しくない」

それが公香の本音だった。

今回の件で、どうも真田は自らの命を捨てる覚悟をしているように見える。たとえ自分が死んでも、他の人は助ける——そんな感じだ。

「それは私も同じだ。今度は、私たちが真田を助ける番だ」

「そうね」

公香は、山縣に笑顔で答えた。

きっと山縣には、何か策があるのだろう。真田を救うための策が——。

「場所の特定はできたのか？」

部屋に入って来たのは、鳥居だった。

肩にエアライフルの入ったケースを担《かつ》ぎ、脇《わき》に小さな段ボール箱を抱えていた。

「鳥居さん。手伝ってくれるの？」

「そう言ったはずだぞ。忘れたのか？」

喜んだ公香の出鼻を挫《くじ》くように、鳥居が言った。

何だか、最近の鳥居は一言多い。

「そうでしたね」

公香はつっけんどんに言うと、改めてノートパソコンに向き直った。

インターネットを使って、検索の作業を進める。

「核爆弾が隠されている場所予測としては、たぶん、ここと、ここ」

公香は、モニターに表示された地図を指差した。

真田の話では、核弾頭はヨットが並ぶマリーナのような場所で爆発した。しかも、東京タワーが対岸に見える位置。

そうなると、場所はかなり限定される。

「すぐに、柴崎君に報《しら》せよう」

山縣が大きく頷《うなず》いた。

公香は、間髪を容れずに説明を続ける。

「で、仙道がいる可能性の高い場所は、ここと、ここと、ここの三ヶ所のどれかだと思う」

東京都内には、山縣の言うように複数の地下水路がある。

神田川に絞り、ボートが隠せそうな場所で、普段人の出入りがなく、真田が夢で見た光景に類似する場所ということで限定した。

正直それでもまだ数がある。

そこで、起爆装置に長距離無線を使用していると仮定して、再検索を行い、三ヶ所に絞った。

一か八かではあるが、物理的に回れる範囲も限られている。

モニターを覗き込んだ山縣は、「なるほど」と感心したように唸《うな》った。最近、パソコン作業は志乃に任せっきりだったので、ブランクはあったが、何とかなったようだ。

「それで作戦は？」

鳥居が山縣に目を向ける。

「真田と鳥居君で、公香が割り出した三つの拠点を、全《すべ》て当たってくれ。私と公香で、地上から支援する」

「それで大丈夫？」

公香は思わず口を挟んだ。

心配なのは、仙道を捜す作戦の手法ではなく、真田の命を救えるか――という問題だ。

「真田のことか？」

「当たり前でしょ」

「さっき言っただろ。真田は死なせない」

山縣は、自信たっぷりに言った――。

十一

「そんな……」

柴崎は、山縣からの報せを、驚愕《きょうがく》の思いで聞いた。

携帯電話を握り締める手が震えていた。

山縣の話では、東京湾で核爆弾が爆発するのだという。

――甘かった。

山縣の言うように、発見された核爆弾がダミーである可能性は否定できない。それなのに、テロの危機は回避されたと楽観的に考えていた自分を呪《のろ》う。

もし、東京湾で核爆発など起きれば、死者の数は数百万人に上るだろう。

それは、今まで誰も実行したことのない、大量殺戮《さつりく》だ。

〈私も、こんなことは、信じたくない。だが、今までのことがある〉

「そうですね。山縣さんは、どうするつもりですか？」

〈やれるだけのことをやる。それだけだ〉

山縣は、それが当然であることのように言った。だが、その選択には勇気と覚悟がいる。

——覚悟なら、おれにもある。

柴崎は、自らに言い聞かせる。

驚いてばかりいられない。問題は、どうやってそれを阻止するかだ。

柴崎は、ぐっと奥歯を嚙《か》んだ。

まず上層部に掛け合い、都民を避難させる。それと同時進行で、仕掛けられた核爆弾の捜索に当たる——頭の中で、プランを組み立てた柴崎だったが、問題にぶち当たり、落胆とともに首を左右に振った。

——ダメだ。

日本の警察組織は、良くも悪くも形式を重んじる。緊急事態に迅速に対応できるとは言い難い。

それに、志乃の夢の話などしてみたところで、誰も信じはしないだろう。

そんなことをしている間に時間を浪費し、手遅れになってしまう。

「私に、何かできることは、ありますか?」

柴崎は、救いを求めるように、山縣に訊《たず》ねた。

〈核爆弾の捜索を頼みたい〉

「しかし……」

東京湾といっても、かなりの広さがある。正直、見つけ出す自信がない。

〈ある程度の目星はつけてある〉

さすが山縣だ。

こちらの不安を見透かすだけでなく、すでに手を打ってある。

「どこですか？」

山縣の言葉に光明を見出《みいだ》した柴崎は、鼻息を荒くした。

隣にいる松尾に、地図を持って来いと指示を出す。

松尾が持って来た、東京都の地図をデスクの上に広げたところで、山縣が計ったようなタイミングで説明を始めた。

〈真田の話では、爆発は一艘《そう》のヨットで起きた。マストが赤いヨットだ〉

「マストが赤……」

柴崎は返事をしながら、半ば絶望的な気分を味わっていた。

時間がある中であれば、それは有益な情報であっただろう。だが、今は状況が切迫している。

〈場所の候補は、二ヶ所ある。まず、一つ目はドリーム・マリーナ。で、もう一つが、ニューポート湾岸〉

柴崎は、山縣の指定した場所を丸印で囲った。

ドリーム・マリーナはお台場に近い場所。もう一つのニューポート湾岸は、城南島海浜公園の近くだ。

——二ヶ所回る余裕があるか？

疑問が過《よ》ぎる。話の流れからして、すでに核爆弾は仕掛けられているだろう。

考えるより、動いた方がいい。

「分かりました。当たってみます」

柴崎は、山縣との電話を切るなり、松尾と一緒に部屋を飛び出した。

十二

真田が降りたったのは、隅田川と神田川の合流地点にあたる場所だ。

「下ろすぞ」

河合に急《せ》かされ、真田はトラックの荷台から、ジェットスキーを下ろす作業を始めた。

カワサキのSTX－15Fは、ジェットスキーの中では、小型の部類だ。それでも、全長三メートル、重量三百キロを超える。大人二人がかりでクレーンを使っても、下ろす作業だけで汗びっしょりになった。

「ところで、お前免許持ってんのか？」

作業を終えたところで、河合が声を上げた。

「大型二輪ならあるぜ」

「陸と一緒にすんな。ジェットスキーは、特殊小型船舶の免許が必要なんだよ」

「細かいこと気にすんな」

「細かくねぇ！」

河合は、目くじらを立てる。

元暴走族のクセに、意外に固い男のようだ。

「東京が、消えちまうかもしれないんだ。これが終わったら、警察でもどこでも行ってやるよ。だいたい、あの辺りはジェットスキーは禁止だろ」

真田がまくしたてるように言うと、河合は困ったように頭をかいた。しばらくして、諦《あきら》めたらしく、深いため息を吐《つ》く。

「乗ったことは、あるのか？」

「ない。バイクと一緒だろ」

真田は、おどけてみせる。

「基本的には、同じだ。ハンドルと重心移動で舵《かじ》を取る。大きく違うのは、推進力だ。バイクはタイヤだが、こいつはウォータージェット推進だ」

「何だそれ？」

真田が訊ねると、河合は心底愛想を尽かしたように、頭を抱えた。

そんな態度を取られても、知らないものは知らない。

「船底から汲《く》み上げた水を、高圧で排出することで、推進力を得るんだ」

「なるほど」

「だから……」

「急には停まれないってことね」

「そういうことだ」

「実践あるのみ」

真田は言うと同時に、ジェットスキーに乗り、エンジンを回した。

想像より強い振動が、伝わってくる。

河合が、真田に何ごとかを言っていたが、エンジンの爆音で全く聞こえなかった。どうせ、たいしたことは言ってないだろう。

真田は、一気にアクセルを回した。

それと同時に、ぐんっと加速したかと思うと、バランスを崩して、そのまま川に振り落とされてしまった。

川岸で、河合が腹を抱えて笑っている。

その態度が癪《しゃく》に障《さわ》るが、今は構っている場合ではない。

真田は、再びジェットスキーに乗り込む。

最初の加速に注意だ。それと、水面ということもあり、バランスをとるのが難しい。オフロードを走っているのに似ている。

「行くぞ」

真田は改めてスロットルレバーを捻《ひね》り、ジェットスキーをスタートさせる。

要領さえ摑《つか》めば、バイクと同じだ。ぐるりと大きく回り、河合の待つ川岸にピタリとジェットスキーを停めてみせた。

「楽勝だ」

「お前って奴《やつ》は……」

勢い込む真田に対して、河合はいかにもだるそうに肩を落とした。

「順調なようだな」

声に反応して顔を上げると、山縣が川岸に降りて来るところだった。

その後ろには、公香と鳥居の姿もあった。

「場所の特定はできたのか？」

「鳥居君にナビゲートしてもらう。私と公香は、地上からバックアップだ」

山縣の説明を聞き、ひとまず安心する。

「それで、爆弾の方は？」

「今、柴崎君たちが動いているはずだ」

「頼りになる」

真田は、一度ジェットスキーから降りると、トラックの助手席のドアを開けた。

座席のところに、金属の筒が置いてある。真田は、それを手に取ると、ベルトの間に差し込んだ。

さっき河合に頼み、バイクのエンジンの点火装置を応用して、着火装置を作ってもらった。それを、鉄パイプにつないである。

鉄パイプの中に入っているのは、過酸化アセトンという爆薬だ。鳥居の事件のとき、作り方を見知っていた。つまり、簡易式の爆弾というわけだ。

これが、真田の切り札になる。

できれば、そんなことはしたくないが、夢の通りになるのなら、仙道もろともだ。それで、救うことができるなら――。

「真田」

背後から、山縣に声をかけられ、ドキッとする。

「何だよ」

真田が振り返ると、山縣と視線がぶつかった。

その目は、ただ優しかった。

「これを持ってけ」

そう言って、山縣が差し出したのは、防弾チョッキだった。

隠したつもりでも、山縣は全《すべ》てを悟っていたようだ。仙道に撃ち殺される男が、真田であると――。

「止めるかと思った」

「残念だが、そういう状況にない。お前を止めて、数百万人が死んだとあっては、寝覚めが悪い。それに……」

「何だよ」

「止めても行くだろ」

山縣が、微《かす》かに笑った。

「さすが、よく分かってる」

「行かせてやる。だから、私からの頼みを一つ聞いてくれるか？」

山縣の顔から、笑みが消えた。

真《ま》っ直《す》ぐに向けられた視線に搦《から》め捕られ、真田は動くことができなかった。

「何だよ」

「何があっても死ぬな」

山縣が、力強く真田を抱き寄せた。

真田の脳裏に、父と母の顔が過ぎった。真田にとって、山縣はもう一人の父だ。それを改めて痛感した。

「気持ち悪いことすんなよ」

真田は、山縣から身体《からだ》を引きはがした。

このままずっと山縣の顔を見ていたら、決心が鈍りそうだ。だから――。

「任せとけ。おれは、死なねぇよ」

真田は、軽く山縣の胸に拳《こぶし》を当てた。

覚悟はできた。何としても、守ってみせる。

真田は、そのまま背中を向け、ジェットスキーに戻り、防弾チョッキを着る。

「真田」

今度は公香が声をかけて来た。

「何だよ」

「ちゃんと帰ってきてよ。じゃないと、志乃ちゃんが哀《かな》しむ」

公香は、目に涙を溜《た》めていた。

彼女も事情は分かっているのだろう。戦地に送り出す、家族の気持ちというのは、こういったものかもしれない。

「本当は、公香が寂しいんだろ」

「バカ言わないでよ」

「大丈夫だ。何とかする」

真田は、親指を立てて笑ってみせてから、ジェットスキーに乗る。次いで、エアライフルを担《かつ》いだ鳥居が、タンデムシートに座った。

「じゃあ、行くとしますか」

真田は山縣と公香を視界に入れないよう、真っ直ぐ前を見てアクセルを捻った。

水しぶきを上げながら、ジェットスキーが進んで行く。

「約束は、守らないとな。生きて帰るぞ」

タンデムシートの鳥居が言った。

——分かってる。

真田は、声に出さずジェットスキーを加速させた。

十三

「本当に、行かせて良かったのかな……」

公香は、遠ざかっていくジェットスキーを見送りながら呟《つぶや》いた。

他に選択肢が無いことは、重々分かっている。今の自分たちには、信じて送り出すことしかできない。

宿命のようなものなのかもしれない。

「真田は死なせない。そのために、私たちには、やることがあるだろ」

山県の表情は、どこか自信に満ちているようだった。自信を持たなければ、真田を送り出すことなどできない。山県は、それを誰よりも分かっている。

「そうね」

公香は、頷《うなず》いて歩き出した。

立ち止まっている余裕はない。進むしかないのだ。

「あの、公香さん」

呼び止めたのは、河合だった。

少しうつむき加減ではあったが、耳まで真っ赤になっているのが分かった。

「いろいろ、ありがとね」

山県に恩義があるとはいえ、彼もいろいろと力を尽くしてくれた。

前の事件のときも、バイクを手配するだけでなく、作戦に参加までしてくれた。

「あの、おれに何かできることはありますか？」

「あなたまで、巻き込むわけにはいかないわ」

ジェットスキーを手配してくれただけで充分だ。

「巻き込むなんて、おれは、好きでやってるんです。おれにも、何かさせて下さい」

河合は、一歩も退《ひ》かないという目をしていた。

事情もほとんど知らないのに、なぜそこまで言えるのか——公香は、疑問の答えを見付けられずに、山縣に視線を向けた。

「運転を頼みたいんだが、いいか？」

山縣が言った。

「任せて下さい！」

河合は、少年のように声を張り上げる。

「え？」

「元族ですから、運転には自信あります！」

河合は、公香と山縣を追い越して、いち早く濃いメタリックブルーのハイエースに乗り込んでしまった。

——何なの。

公香は、河合の存在は知っていたが、ほとんど会話らしい会話をしたことがなかった。

故《ゆえ》に、元暴走族という経歴と、見た目のイメージだけで人物を想像していたのだが、今の河合は、それと大きなギャップがあった。

「山縣さん。いいの？」

「志乃がいない穴を埋めないといけないんだ。人数は多い方がいい」

山縣の意見は一理ある。

今までは、山縣が運転して、志乃が情報分析と、真田との連絡係。公香が臨時対応とバックアップといった役割分担だった。

人数が足りないのは確かだ。一人増えるだけで、選択肢は増える。だが――。

「何だか、不安だわ」

「なぜ？」

「だって、真田以上に子どもっぽいんだもん」

公香の素直な感想だった。

「かもしれない。だが、河合君も筋の通った男だ。心配するな」

山縣は気怠《けだる》そうに言うと、歩いて行ってしまった。

いろいろと不安はあるが、今は核爆弾の爆発を阻止することと、真田を助けることが最優先事項だ。細かいことを考えるのは、止《や》めよう。

公香は、気持ちを切り替えて歩き出した。

十四

「どっちに向かいますか？」

車に乗ろうとしたところで、松尾が訊《たず》ねて来た。

柴崎は、助手席のドアに手をかけたところで動きを止めた。

連絡を受けて、飛び出して来たのはいいが、正直判断がつかないでいた。

山縣から指定された二つの場所は、離れている。時間の猶予《ゆうよ》があれば両方を確認するのだが、それをしている余裕はない。

一瞬、松尾と手分けすることを考えたが、向こうも発見されることは、想定しているはずだ。

見張りがいたりすれば、返り討ちにあう可能性が高い。

「お前は、どっちだと思う？」

柴崎は、苦し紛れに松尾に訊ねた。

「私には見当もつきません。ですが……」

松尾が口ごもる。

「何だ？」

「確か、金城はヨットを持っていたと思います」

「ヨット……」

柴崎は口にしながら記憶を辿《たど》る。

松尾の言う通り、確かに金城は会社名義でヨットを所有していた。

「場所は、覚えているか？」

柴崎が訊ねると、松尾は途端に表情を歪《ゆが》めた。

「すみません……」

「そうか」

柴崎も覚えていないのだから、松尾を責めることはできない。

だが、期待していた分、落胆も大きい。

「ヨットの場所は分かりません。ですが……」

松尾が、何かを思いついたらしく、パッと表情を明るくした。

「何だ？」

「金城の会社の倉庫があるのは、ニューポート湾岸の近くです」

根拠は薄いが、何もないよりはマシだ。その可能性に賭《か》けてみよう。

「ニューポート湾岸だ」

柴崎は鋭く言いながら、車の助手席に乗り込む。松尾も、素早く運転席に座ると、車をスタートさせた。

一呼吸置いたところで、柴崎は携帯電話を手に取った。鈴本に連絡を入れるためだ。読みが外れたときに、打つ手無しでは、取り返しのつかないことになる。

〈もしもし〉

しばらくのコール音のあと、鈴本が電話に出た。

「柴崎です」

〈どうしました。慌《あわ》てて〉

鈴本の声は、少し疲れているようだった。

昨晩の事件の事後処理で、疲弊しているのだろう。彼が悪いわけではないのだが、温度差に苛立《いらだ》ちを覚える。

「テロの計画は、まだ進行中です」

柴崎が早口に言うと、途端に鈴本の声色が変わった。

〈どういうことです？〉

柴崎は、逸《はや》る気持ちを抑えながら、ここに至るまでの経緯を鈴本に説明した。

その上で、もう一ヶ所の候補地であるドリーム・マリーナの捜索と、上層部への働きかけを依頼した。

今回の事件は、公安の管轄《かんかつ》に移っている。

鈴本なら、あるいは人員を動かすことができるかもしれないという期待があった。

〈分かりました。やってみます〉

頼りになる返事をもらい、柴崎はほっと胸を撫《な》で下ろした。

電話を切ったところで、松尾がチラリと目を向ける。

「どうした？」

「間に合いますか？」

「分からん」

柴崎は、ぶっきらぼうに言ってから煙草《たばこ》に火を点《つ》けた。

これが最後の煙草になるかもしれない。そう思うと、口の中に何とも言えない苦さが広がった。

十五

真田は、水飛沫《みずしぶき》を上げながら、ジェットスキーの速度をぐんぐん上げる。

波にぶつかる度に、大きくバウンドするのが厄介だが、基本はバイクと同じだ。かなり操作に慣れて来た。

うだるような暑さの中、こうやって水の上を走るのは気持ちいい。

「あの橋の脇《わき》に、水路があるだろ」

タンデムシートの鳥居が指差す。

視線を向けると、コンクリートで囲われた本流とは別に、斜めに走る細い水路が見えた。

「あれは何だ？」

「分水路だ。洪水対策として、東京の地下には、こういう水路が、張り巡らされているんだ」

「へぇ」

普段生活していると、そんな場所があるとは、なかなか気付かない。

真田が減速して分水路に入ろうとしたところで、イヤホンマイクから、公香の声が聞こえて来た。

〈気をつけてよ〉

顔を上げると、川沿いの道を走っている、メタリックブルーのハイエースが確認できた。

しっかりバックアップしてくれているようだ。

「分かってるよ」

真田は、軽く手を挙げてから、ハングオンの要領で分水路に突入していく。

分水路はコンクリートで囲われた四角いトンネルのようになっている。夢で見たのも、こういう光景だったような気がする。それにしても——。

「くっせー」

鼻が曲がるような、強烈な臭《にお》いに、真田は思わず噎《む》せ返った。

「文句を言うな」

鳥居が、呆《あき》れたように言いながらも、手にライトを持ち、真田の行く手を照らしてくれた。

まるで探検にでも来たようだ。

〈結構、狭いから気をつけてよ〉

公香から無線で説明がある。

「分かってる」

真田は返事をして、速度を落とした。

エンジン音がそこら中にこだまする。これでは、仙道がいた場合、すぐに存在がバレてしまう。

隠密作戦や奇襲は使えないと思った方がいいだろう。

百メートルほど進んだところで、堰《せき》が出来ていて、それ以上進めなくなってしまった。

「ここでは、なさそうだな」

タンデムシートの鳥居が、緊張を解くのが分かった。

——どうやら、そのようだ。

「公香。外れだ」

真田は、イヤホンマイクに呼びかける。

〈真田。悪い報《しら》せよ〉

公香の声が、幾らか緊張している。

こういう状況下で、あまり聞きたくはない声だ。

「何だ？」

〈出口で、警官が待ってるわ〉

「警官？」

〈誰かが通報したみたい。バカが神田川をジェットスキーで暴走してるって……〉

「バカは余計だ」

厄介なことになったようだ。

この辺りは、ジェットスキーの使用を禁止している。しかも、真田は無免許だ。

残念ながら、今は警察に捕まっている余裕はない。

「どうする？」

鳥居が訊ねて来た。

そんなことは、聞かれるまでもない。

「強行突破でしょ」

「そうだな」

真田は、鳥居が言い終わる前に、アクセルを捻《ひね》ってUターンする。

出口の灯りが見えた。

そこに、ボートが停泊していて、警官らしき男が覗《のぞ》き込んでいるのが見えた。

「止まりなさい！　そこは、ジェットスキーの使用を禁止している！」

拡声器から、声が聞こえて来た。

だが、真田は構わず加速する。

出口が、すぐそこまで迫っている。

「こら！　止まれ！」

警官の声が、どんどん切迫したものに変わって行く。

真田はお構い無しに猛進して、一気に分水路から神田川に飛び出した。

「摑《つか》まってろよ！」

真田は鳥居に言うなり、大きく重心をずらし、ドリフトの要領でジェットスキーを方向転換させる。

大量の水飛沫がまき散らされ、ボートの上の警察官はズブ濡《ぬ》れになった。

「急いでるんでね」

真田は、振り返りながら言うと、さらにジェットスキーを加速させた。

〈あんた、バカなことやってんじゃないわよ！〉

イヤホンマイクから、公香の金切り声が聞こえて来た。

「仕方ねぇだろ」

〈仕方なくないわよ。あんなことしたら、警官が応援呼んじゃうでしょ〉

「そういうことは、先に言ってくれ」

真田は舌打ち混じりに答えた。

確かに公香の言う通りだ。さっきの警官は、手漕《てこ》ぎボートに乗っていたが、エンジン付きの船で追いかけられたら厄介だ。

高いコンクリートで囲まれた神田川では、そうそう逃げ場はない。

「気にするな。警官が来るなら、好都合だ」

言ったのは鳥居だった。

「何で？」

「今から、丸腰で仙道に会いに行くんだ。警官は、できるだけ引きつけた方がいい」

――なるほどね。

十六

「本当にあのバカ！」

公香は、怒りをぶちまけた。

志乃の夢のことがある。少しは慎重になると思っていたのだが、相変わらずの暴走っぷりだ。

心配しているこっちが、バカらしくなる。

本当は、山縣が警官の気を引き、その間に真田たちに逃げてもらう作戦を立てていたのだが、指示をする前に突っ走ってしまった。

——全部ぶち壊しだ。

「まあ、そう怒るな」

山縣は山縣で呑気《のんき》な口調だ。

「怒りたくもなるわよ。あれじゃ、仙道に辿《たど》り着く前に死ぬわよ」

「あれが、真田のやり方だ」

「そのやり方が、気に入らないの」

「だが、今までそれに助けられて来た」

山縣の言葉で、前の事件のことが、頭を過《よ》ぎる。

あのとき、真田は公香と山縣を救うために、自分の命を顧みず、正面突破で敵陣に乗り込んで来た。

そして、それによって助けられた。

しかし、今度は勝手が違う。志乃の夢で、真田の死が予見されているのだ。

「死んで欲しくないのよ」

思わず本音が出た。

「それは、私も一緒だ」

山縣が目尻《めじり》に皺《しわ》を寄せ、笑顔で答える。

一見、呑気に見える表情だが、それを見ていると、何とかなりそうな気がするから不思議だ。

「まったく……」

「それより、次のポイントは、どうなってる？」

山縣が話を切り替えた。

公香は、ふっと息を吐いてから、ノートパソコンのモニターを山縣に見せる。

「次が、私の本命」

「なぜ？」

「ここも、さっきと同じ分水路なんだけど、中央に点検用の出入り口があるの」

公香は、モニターに表示された地図を指差す。

山縣が「ほう」と、感心したように声を上げる。

「ここから、階段を上がって管理棟を通れば、地上に出られるというわけか」

「そういうこと」

公香は頷《うなず》いて答えた。それが、本命だと思う理由だった。

仙道とてバカではない。行き止まりになっている場所に、隠れるような愚は犯さないはずだ。

この場所なら、いざというとき地上に出ることができる。

長時間隠れる上でも、陸路が確保できていれば、物資の補給も容易にできるだろう。

逆を考えれば――。

「挟み撃ちができるな」

山縣が、公香の心情を先読みするように言うと、ニヤリと笑った。

「正解」

管理棟から、点検用の通路を抜けて侵入すれば、分水路の真田たちに気を取られている仙道の背後を突くことができる。

少しだけ、希望が見えて来た気がした。

「河合君。急いでくれるか？」

「任せて下さい」

笑顔で応じた河合は、アクセルペダルを踏み込み、車を加速させた。

十七

柴崎は車が停まると同時に、外に飛び出した。

むっとするような熱気に混じって、潮の匂《にお》いがした。

白い壁をした、マリンセンターがあり、そこから伸びる通路を進むと、係留バースに行けるようになっている。

赤いマストは目立つと思っていたが、想像以上の数のヨットが停泊している。簡単にはいかないようだ。

柴崎は、マリンセンターの受付に向かうと、対応に当たった女性に、警察手帳を提示した。

「ここに、金城のヨットがあるはずだ」

切迫していることもあり、脅すような口調になってしまった。

受付の女性が、露骨に怪訝《けげん》な表情を浮かべた。

「すみません。緊急の用件なんです。金城忠成《かねしろただなり》さんの所有する、ヨットがある区画を教えて下さい」

後からやって来た松尾が、同じように警察手帳を提示し、丁寧な口調で申し出る。

そこで、ようやく女性の表情が幾分和らいだ。

「金城さんなら、D区画だと思います」

受付の女性が、案内図を指差しながら言った。

柴崎は、松尾と頷き合ったあと、奥の通路に向かって駆けだした。

係留バースに出て、教えられたD区画が近づいたところで、柴崎は脇《わき》のホルスターにある拳銃《けんじゅう》に手をかけた。

息を切らしながら、視線を走らせる。

――あった。

赤いマストのヨットを見付けた。ヨットの脇に、人の姿が見えた。金城だ。

鼓動が速くなる。

ここが、本命である可能性が高い。

下手に刺激してはいけない。柴崎は、拳銃に手をかけたまま、何食わぬ顔でゆっくりと歩みを進めた。

金城の視線を感じた。

大丈夫だ。こちらの顔は割れていないはずだ。

柴崎は、気持ちを落ちつけながら、歩みを進める。俯《うつむ》いたまま、視線は合わせない。

――あと少し。

そう思った矢先、視界の隅に捉《とら》えていた金城が動いた。

懐《ふところ》から拳銃を抜いたかと思うと、その銃口を柴崎に向けたのだ。身体《からだ》が硬直する。

「柴崎さん！」

松尾が叫んだ。

銃声がすると同時に、柴崎は何かに突き飛ばされ、すぐ脇にあるクルーザーに倒れ込んだ。

身体をぶつけた痛みはあったが、被弾はしていないようだった。

見ると、松尾が柴崎に覆《おお》い被《かぶ》さるようにしていた。どうやら、彼が突き飛ばしてくれたおかげで、命拾いをしたらしい。

「すまない」

「いえ」

松尾が笑顔で答える。

と、同時に再び銃声が轟《とどろ》き、クルーザーの窓ガラスが砕けた。

柴崎と松尾は、すぐに起き上がると、キャビンに回り込み、それを盾にした。

一気に汗が流れ出す。

気持ちを落ちつけようと、深呼吸したところで、松尾が「うっ」と低く唸《うな》った。

見ると、左の肩口に少量ではあるが、出血があった。

「撃たれたのか？」

「大丈夫です。ちょっと引っかけたみたいです」

松尾は笑顔で答えたが、すぐに痛みに表情を歪《ゆが》めた。

「無理はするな」

柴崎が言うのと同時に、三度目の銃声がして、頭上のガラスが砕け散った。

少しだけ顔を出して見ると、金城が一度ヨットの中に入り、短機関銃を持って戻って来た。H&KのMP5だ。

状況は、悪化の一途を辿っている。

――どうする？

拳銃を取ろうとホルスターに手を伸ばした柴崎は、思わずひやりとした。

さっきまで、持っていたはずの拳銃がない。どうやら、倒れた拍子に落としてしまったらしい。

自分の愚かさに、愛想が尽きる。だが、まだ手はある。

「松尾。銃を持ってるな」

「いえ、それが……」

松尾が視線を落とし、唇を噛《か》んだ。

何てことだ。松尾も銃を落としたのか——。

二対一とはいえ、短機関銃相手に丸腰では、分が悪すぎる。

「クソッ！」

柴崎は、吐き捨てた。

十八

真田は、ジェットスキーを走らせながら、川岸に視線を向ける。

川沿いの道を、パトカーが併走している。さっきまで、拡声器で再三呼びかけていたが、今は追跡するに留まっている。

陸からでは、打つ手無しといったところだろう。

そのうち、海上保安庁に泣きついて巡視ボートあたりを出してもらうつもりだろう。どのみち、しばらくは、放っておいても大丈夫そうだ。

「次は、そこの分水路だ」

鳥居が指差すのに合わせて、真田が目を向けると、さっきと同じように、地下水路の穴がぽっかりと空いていた。

「じゃあ、行ってみますか」

「待て」

方向転換して、進もうとした真田を、タンデムシートの鳥居が制した。出鼻を挫《くじ》かれるのは、あまり気分のいいものではない。

「何だよ」

真田は、ゆっくり旋回しながら口を尖《とが》らせる。

「発信器が、反応している」

昨晩、公香が仙道に仕掛けたという発信器だ。それが、反応しているということは——。

「ここが本命ってわけだ」

「その可能性が高い」

鳥居の表情が、一気に険しいものに変わった。

それに釣られて、真田も表情を引き締めた。

「公香。聞こえるか？」

〈分かってる。本命発見ね〉

無線につないだイヤホンマイクから、すぐに公香の声が返って来た。

「そのようだ」

〈こっちも、地上から向かうから、少し待って〉

公香が息を切らしながら言う。

おそらく車を停め、走っているところだろう。公香たちとタイミングを合わせて現場に向かった方が、いろいろと都合がいい。

「真田。マズイぞ」

鳥居が、声を低くした。

前方に視線をやると、エンジン付きの小型艇が、上流から進んで来るのが見えた。

船の上に、警察官が二人乗っているのが確認できた。観光用の船を引っ張り出してきたのだろう。

少し舐《な》めていたかもしれない。

小型艇は、方向転換しながら分水路の入口を塞《ふさ》ごうとしていた。

「公香！　時間が無い！　突入する！」

真田はスロットルレバーを、力一杯捻《ひね》った。

〈ちょっと。何言ってんの。待ちなさい〉

公香の金切り声を無視して、真田は加速して小型艇に突進する。

船上の警察官たちが、驚愕《きょうがく》の表情で逃げ惑う。

真田は、寸前のところでターンをして、小型艇の船首をかわすと、そのまま分水路の中に突入した。

「本当に、無茶な奴《やつ》だ」

鳥居が言った。

確かに無茶だったが、他に方法が無かった。

「細かいこと気にすんな」

真田は軽く返してから、真《ま》っ直《す》ぐ前を見る。

――いよいよだ。

今までにない胸の高鳴りがした。緊張と恐怖からだろう。

同時に愉《たの》しんでいる自分も見付けた。

十九

車から降りた公香は、分水路の管理棟に向かって走った。

山縣もすぐその後に続く。真田が、こちらの指示を無視して、すでに突入してしまった。急がないと、手遅れになる。

今は、身勝手な真田に対する苛立《いらだ》ちよりも、無事でいて欲しいという願いの方が強かった。

「公香。待て」

背後から、山縣の声が飛んだ。だが、残念ながら今は相手をしている余裕はない。

すぐ目の前に、横長の平屋の建物が見えた。

公香は、素早くドアにとりつくと、押し開けて中に飛び込んだ。

鍵《かぎ》はかかっていなかったようだ。

視線を走らせると、すぐ近くの壁面に、鉄製の扉が見えた。

――あれだ。

公香が思うと同時に、側頭部に激しい痛みが走った。

気が付いたときには、コンクリートの床の上に横倒しになっていた。

視線を上げると、89式の自動小銃を持った男が、銃口とともに見下ろしていた。

――油断した。

管理棟に、見張りを配置していることは、冷静に考えればすぐに分かったはずだ。

真田を助けたい一心で、冷静な判断力を失っていた。

――山縣さんが。

落胆する公香の脳裏に、山縣の顔が過《よ》ぎった。

彼までこの中に入ったら、打つ手無しだ。何とかして伝えなければ。

「山縣さん！　来ないで！」

公香が叫ぶのと、ドアが開いて山縣が入って来るのが、ほぼ同時だった。

男は、素早く銃口を山縣に向ける。

山縣は、観念したように両手を挙げて、無抵抗の意思表示をした。この状況で、自動小銃に立ち向かっては、勝ち目がない。

だが――。

公香は、最悪の状況の中、突破口を見出《みいだ》していた。

男は今、山縣に気を取られている。この瞬間なら、反撃に転じることができる。

まずは、男の足を払って転倒させ、その先は、臨機応変に——。

素早く行動を起こそうとした公香だったが、ダメだった。

男は公香の行動を先読みしたように、顔の上に足を乗せ、体重をかけてくる。

強烈な痛みだった。

頭蓋骨《ずがいこつ》が砕けて、中身が飛び出してしまいそうだ。

——ごめん、真田。助けられないかも。

最悪の状況の中、言いしれない落胆が、痛みとともに全身に広がっていった——。

二十

百メートルほど水路を進むと、開けた空間に出た。

正方形の貯水池のような場所で、わずかばかりではあるが、照明器具が設置されていて、明るくなっていた。

奥には鉄製の階段があり、デッキ部分にボートが停泊していた。

夢で見たのと、同じものだ。

ボートの上に仙道がいた。そして、デッキ部分に男がもう一人。

二人は肩からかけていた89式自動小銃を同時に構えると、何の予告も無しに発砲した。

真田は、反射的に重心をずらす。

すぐ脇《わき》で、着弾による水飛沫《みずしぶき》が連続して上がった。

「危ねぇな」

思わず声が漏れる。

「次が来るぞ」

鳥居が叫ぶ。視線を向けると、仙道たちが、ジェットスキーに照準を定めているところだった。

なかなか、厄介な連中だ。

「摑《つか》まってろよ」

真田は、叫ぶなりジェットスキーで、大きくターンを決める。

高圧で水を噴射するジェットスキーは、それだけで、盛大な水飛沫を上げた。目くらましの代わりだ。

連続した銃声が鳴り響いたが、狙《ねら》いをつけなければ、当たるものではない。

真田は、蛇行を繰り返し、そこら中に水飛沫を巻き上げながら、仙道たちに突進していく。

「仙道！」

真田は、沸き上がる熱い感情のままに叫んだ。

中国の工作員で、テロを計画した男。それを阻止しようとした三井を殺害したばかりでなく、志乃をあんな目に遭わせた。

さらには、夢の中で自分を殺した男——。

「おっさん。運転任せた」

真田はボートのすぐ手前で、ドリフトターンを決める。

「バカを言うな」

慌《あわ》てる鳥居を無視して、真田はハンドルから手を離すと、ボートの上の仙道に向かって大きくジャンプする。

仙道は、すぐに89式の銃口を真田に向けようとする。

だが、遅い。

「させるかよ！」

真田は、着地するのと同時に、仙道の顎先《あごさき》に渾身《こんしん》の右の拳《こぶし》を振り下ろした。

全体重を乗せたパンチだ。確かな手応《てごた》えがあった。

仙道は、もんどりうって倒れる。

それでも仙道は、這《は》うようにして、落ちた89式自動小銃を拾おうとする。

真田は、仙道の手に触れる前に、それを蹴《け》り飛ばした。

89式自動小銃は、弧を描いて水の中に落ちた。

「残念でした」

ニヤリと笑ってみせた真田だったが、背後に迫る気配に気づき、慌てて振り返る。

——しまった。もう一人いた。

デッキの男が、真田の眼前に自動小銃を突きつけていた。

これだけの至近距離だ。一気に距離を詰めれば、やれるかもしれない。覚悟を決めて、飛びだそうとした瞬間、ひゅっと風を切るような音がした。

と思うと、顔を歪《ゆが》めた男の手から、自動小銃が滑り落ちた。

——何があった？

瞬間的に視線を走らせる。

ジェットスキーに乗った鳥居が、エアライフルを構えているのが見えた。エンジンを止めて、狙撃《そげき》してくれたらしい。

——今がチャンス。

真田は、再び男に顔を向ける。

男が驚いたように、後ろに飛び退《の》いた。

真田は、それを追いかけるように、ボートからデッキにジャンプすると、男の首を抱え込むようにして引き寄せながら、その鼻っ面《つら》に膝蹴《ひざげ》りをお見舞いした。

会心の飛び膝蹴りを喰らった男は、膝から崩れ落ちる。

白目を剝《む》き、すでに気を失っているようだった。だが、真田はお構い無しに、着地と同時にその顔面を蹴り上げた。

男が、人形のようにパタリと仰向《あおむ》けに倒れた。

「真田！」

鳥居が叫んだ。

何を言わんとしているかは、分かっている。背後には、仙道がいる。

素早く反転した真田だったが、遅かった。

仙道が懐《ふところ》から出した拳銃《けんじゅう》が火を噴いた。

右の脇腹に、熱を持った強烈な痛みが走り、真田はよろよろとバランスを崩し、尻《しり》餅《もち》をついた。

「真田！」

鳥居が叫びながら、再びエアライフルを構える。

それより仙道の方が速かった。

銃口を鳥居に向けたかと思うと、容赦無く連続して引き金を引く。

そのうち一発が、鳥居に命中したかと思うと、「ぐぁ！」という悲鳴とともに、鳥居はドボンと水の中に倒れた。

「おっさん……」

上手《うま》く声が出なかった。

仙道が、ゆっくりと真田に歩み寄ると、銃口を額に向けた。

「残念だったな」

——夢と一緒だ。

真田の中に、絶望が広がっていく。

二十一

——どうする。

キャビンの壁に背を付け、柴崎は自問する。

金城は、すぐそこまで来ている。飛び出して反撃するにしても、MP5が相手では、勝ち目はない。

せめて、拳銃があれば――。

「おれが、囮《おとり》になります」

松尾が柴崎の肩を摑んだ。

勢いで言ったのではなく、覚悟をもって口にしたということは、その目を見れば分かった。

だが、手負いの松尾に、それをさせるわけにはいかない。

「おれがやる」

「大丈夫です。こういうのは、下っ端《したっぱ》の仕事ですから」

松尾は言うなり立ちあがる。

それと同時に、金城が引き金を絞る。

銃口から、毎分八百発という連射速度で、弾丸が発射される。

「松尾！」

柴崎が叫ぶのと同時に、松尾は海に転落した。

自ら飛び込んだのか、それとも撃たれて転落したのか、柴崎には判然としなかった。

金城は、撃ち尽くしたマガジンを交換している。

せっかく松尾が作ってくれたチャンスだ。無駄にするわけにはいかない。

柴崎は、勢いをつけて飛び出すと、一直線に金城に突進した。

「くっ」

金城は、マガジンの交換を終え、銃口を柴崎に向ける。

そのときには、柴崎はもう金城の懐に飛び込んでいた。

金城が、引き金を絞る前に、肩からタックルして、そのまま押し倒す。

「離せ！」

金城は、仰向けに倒れながらも、MP5を振り回して抵抗する。このまま、もみ合っていて、暴発でも起きようものなら、たまったものではない。

柴崎は、MP5の引き金にかかった金城の指を掴み、一気に捻《ねじ》り上げた。

ゴキッと骨が外れる音がした。

「ぐあ！」

金城が痛みに悶《もだ》える。

柴崎は、そのスキを逃さず金城からMP5を取り上げると、ストックの部分で顔面を殴りつけた。

金城は、口から血を流して動かなくなった。

前歯はなくなっていたが、死ぬようなことはない。柴崎は、金城をうつ伏せにして、後ろ手に手錠をかけた。

――松尾は？

そこまでしたところで、ようやく緊張を解き、松尾の姿を探した。

思ったより早く、その姿を見付けることができた。

松尾は、海から係留バースに這い上がろうとしていた。撃たれてはいないようだ。

どうやら、あの瞬間、自分の判断で海に飛び込んだらしい。

「大丈夫か」

柴崎は、松尾が海から上がるのを手伝う。

「危なかったですね」

びしょびしょになった松尾が、肩で大きく息をしながら言った。

清々《すがすが》しいともいえるその表情を見て、柴崎も笑みを浮かべた。だが、すぐに重大な事実に思い至った。

柴崎は、金城を強引に立たせた。

「爆弾は、どうやって解除する？」

金城の胸ぐらを摑《つか》み上げ、詰め寄った。

それでも、金城は余裕の笑みを浮かべる。

「お前らが、爆弾を解除するのが早いか、それとも、こちらが起爆装置を作動させるのが早いか……見物だな」

今から処理班を呼んで、解体作業をさせるにしても、かなりの時間がかかる。

やはり頼りになるのは真田たちだ。

——頼む。

柴崎は、ただ祈ることしかできなかった。

二十二

強烈な痛みに、真田は表情を歪めた。

おそらく、肋骨《ろっこつ》が折れてしまっているのだろう。だが、出血はない。

山縣から渡された防弾チョッキのおかげで、ダメージを最小限に食い止めることができたようだ。

——これで、運命が変えられる。

真田は、額に銃口を向ける仙道の顔を、睨《にら》み返した。

「威勢がいいな」

仙道が嘲笑《ちょうしょう》する。

「それだけが、取り柄でね」

真田は言うのと同時に、拳銃を持った仙道の腕を掴み、力いっぱい噛《か》みついた。

仙道が「あっ」と短く悲鳴を上げると、手から拳銃が滑り落ちた。

拳銃は、一度コンクリートの床でバウンドして、貯水槽の中に落下する。

仙道は噛まれた手を押さえながら、一度真田と距離を取った。

視線がぶつかる。

肋骨がやられた状態ではあるが、これで素手の一対一の勝負に持ち込んだ。拳銃を突きつけられているより、幾らかマシだ。

「さて、決着をつけよう」

立ち上がり、ファイティングポーズをとる真田に、仙道は余裕の笑みを返す。

――気に入らない。

真田は、痛みを堪《こら》えて大きく一歩を踏み出すと、右の拳《こぶし》を真《ま》っ直《す》ぐに打ち出した。

仙道はくるりと身体《からだ》を反転させ、それをかわしたかと思うと、サバイバルナイフを抜き、真田の右腕に斬《き》りつけた。

「ぐっ」

真田は、痛みで声を漏らす。

出血が酷《ひど》い上に、右腕に力が入らない。

一度、仙道から距離を取り、右腕を押さえながら、肩で大きく呼吸を繰り返す。

工作員というだけあって、相当格闘技に精通しているらしい。

「取り柄の威勢はどうした？」

仙道が、サディスティックな笑みを浮かべた。楽しんでいるようだ。

――冗談じゃない。

片腕だけでも、充分にやれる。

格闘技に慣れた奴《やつ》に勝つには、正面から向かっていってもダメだ。それは、鈴本とやり合ったときに、思い知らされている。

意表を突く攻撃が必要だ。

真田は、重心を低くして、仙道に向かって突進する。

タックルに来たと思った仙道は、同じように腰を落とす。だが、それが真田の狙《ねら》いだった。

真田は交差する寸前に、大きくジャンプして、飛び膝蹴りを繰り出す。

それと同時に右の太股《ふともも》に、強烈な痛みが走った。

バランスを崩し、そのまま横倒しになる。見ると、右の太股に、ナイフが突き刺さったままになっていた。

「危なかったよ。君は、油断も隙《すき》もあったものじゃない」

仙道は、肩を震わせながら言うと、ゆっくり歩みを進め、仲間の男が落とした、89式自動小銃を拾い上げた。

——こいつは、本格的にヤバイ。

二十三

公香は、山縣と並んで、壁に立たされていた。

目の前には、89式自動小銃を持った男が立っている。ビリビリと痺《しび》れるような緊張が、部屋全体を支配している。

——迂闊《うかつ》だった。

公香は、自らの浅はかさを呪《のろ》わずにはいられない。

もっと自分が冷静に判断していれば、こんな事態を招くことはなかった。真田を助けたいばかりに、焦《あせ》った結果として、助けられないのでは、死んでも死にきれない。

相手は一人だ。今、公香が飛び出して、男を押さえれば、山縣だけでも、真田の元に駆けつけることができる。

「止《や》めておけ」

公香の考えを読んでいたらしい山縣が、短く言った。

「でも……」

このままここにいれば、どのみち死ぬ可能性が高いのだ。

他に策があるとも思えない。

「君たちは、何が目的なんだ？」

山縣が、男に訊《たず》ねた。

時間稼ぎのつもりなのかもしれないが、増援が望めない状況では意味がない。

山縣も、それくらい分かっているはずだ。

「君は仙道に、私たちの扱いについて指示を仰いでいるんだろ」

山縣の言葉に、男は答えない。だが、表情が歪《ゆが》んだ。図星だったようだ。

さらに山縣が続ける。

「なぜ、連絡が取れないか教えよう。分水路から、警官隊が突入したんだ。今ごろ、全員拘束されている。君も……」

男が、日本語ではない言葉で叫びながら、山縣の腹を蹴《け》った。

山縣が呻《うめ》きながら、膝《ひざ》を落とす。

「ちょっと、何すんのよ！」

公香が叫ぶと、平手打ちが飛んで来た。

頬に、じんじんと熱を持った痛みが広がる。

公香が男を睨み付けるのと同時に、パリンと音をたてて窓ガラスが割れ、赤い筒状の物体が投げ込まれた。

――これは何？

思っている間に、その筒から白い煙が吹き出した。

車の発炎筒だ。

――なぜこんなものが？

その答えを見出《みいだ》す前に、部屋は白い煙で包まれる。

公香は鼻と口を押さえて蹲《うずくま》る。

白い煙の中で、人の叫び声が聞こえた。次いで、何かがぶつかるような音――。

――何があったの？

やがて煙が収まり、だんだんと視界がはっきりしてきた。

公香の目に飛び込んで来たのは、驚きの光景だった。

河合が、さっきまで自動小銃を突きつけていた男の上に馬乗りになり、その顔面をしこたま殴っていた。

「てめぇ！　よくも公香さんを！」

河合が、同じ言葉を繰り返しながら、男を殴り続けている。

どうやら、彼が助けてくれたようだ。

「河合君。もういい」

山縣が、河合の肩を摑む。

それでようやく、河合の殴る手が止まった。男は、もうとっくに伸びている。殴られ過ぎて、顔面がボコボコだ。

「おれ、まだ殴り足りないっすよ」

息巻く河合は、いつもと雰囲気が違っていた。

本当に分からない男だ。

「公香、行くぞ」

山縣に言われて、公香ははっと我に返る。

いつまでも、グズグズしている暇は無い。早く、真田のところに行かなければ。

公香は、返事をすると同時に走り出した。

二十四

——今度こそ終わりだ。

真田は覚悟を決めて腰のベルトに挟んでおいた、爆弾を抜いた。

あり合わせの材料で作った即席のものだが、この至近距離にいる仙道を吹き飛ばすには充分だ。

もちろん、真田も無事ではすまない。

それで救われる命がたくさんある。何より、山縣、公香、鳥居、そして志乃を死なすわけにはいかない。

頭の中で、様々な想《おも》い出《で》が駆け巡る。

中でも、志乃に出会ってからは、真田の世界が一気に変わった気がした。

志乃の笑顔が見たい——ただ、それだけのために、命を懸けて突っ走って来た気がする。そして、今もそうだ。

今は病院で昏睡《こんすい》状態だが、いつか目を覚まして微笑《ほほえ》んで欲しい。

本音を言えば、そこに自分がいないのは悔しい。できることなら、もう一度、あの微笑みを見たかったが、それは叶《かな》わない。

――志乃。

真田は、心の中でその名を呟《つぶや》いてから、仙道を睨み付けた。

こちらの覚悟を感じたのか、仙道の表情が変わった。

「何を考えている?」

「これが、おれの切り札だ」

真田は、爆弾の着火装置に指をかけたまま、それを掲げて見せた。

「何だ、それは……」

仙道が首を傾《かし》げる。

その姿が、ひどく滑稽《こっけい》に見えて、真田は思わず笑ってしまった。

いや、本当は強がりに過ぎない。だが、最後くらい、笑って終わらせようとも思う。

「教えてやるよ。爆弾って言うんだ。お手製だが、おれと、あんたを吹っ飛ばすくらいはできる」

「このガキ」

仙道が真っ青になって、素早く89式自動小銃を構え、引き金に指をかける。

ようやく動揺してくれたようだ。

「どっちが早いかな」

真田も、爆弾の着火装置にかけた指に力を込める。

——志乃。来世で会おう。

心の中で目一杯の強がりを言い、わずかに残った迷いを断ち切った。

真田が、着火装置を押そうとした、まさにそのとき、階段の先にあるドアが勢いよく開いた。

「真田！」

ドアから飛び出し、階段を駆け下りて来たのは公香だった。

仙道が素早く反応する。

「止《よ》せ！」

叫んだが、手遅れだった。

仙道が振り向き様に、89式自動小銃の引き金を引いた。

まるで、ストップモーションの映像のようだった。

連続した射撃音が轟《とどろ》いたかと思うと、走っていた公香が、階段を転げ落ち、踊り場で前のめりに倒れた。

すぐ後ろを走って来た山縣が叫んでいる。

真田には、何を言っているのか分からなかった。

腹の底から、烈火のごとき怒りが沸き上がり、全身を駆け抜けていく。

真田は、その怒りに突き動かされて立ち上がった。

痛みは感じなかった。怒りが、全《すべ》ての感覚を遮断してしまっているようだった。

「仙道！」

真田は、血管を浮き上がらせながら叫んだ。

仙道は再び銃口を真田に向ける。

いくら撃たれてもいい。こいつだけは、自分の拳《こぶし》で殴らないと気がすまない。

真田は、右足を引《ひ》き摺《ず》りながら、仙道に突進する。

引き金に指をかけた仙道だったが、それを引くことはできなかった。

仙道が肩を押さえて蹲る。

突然のことに、混乱した真田だったが、すぐにその理由を見つけた。

ジェットスキーにしがみついている鳥居の姿が見えた。自力で這《は》い上がり、右手一本でエアライフルによる狙撃《そげき》をしたようだ。

真田は、仙道の顔面を左足で蹴り上げる。

仰向《あおむ》けに倒れたあと、追い打ちでその顔面を踏みつけた。

本当は、これでも生温《なまぬる》い。死ぬまで殴り続けてやりたいところだ。だが、それより公香が気がかりだ。

真田は、身体《からだ》を引き摺るように、階段を上り、倒れている公香に歩み寄った。

「公香。しっかりしろ」

山縣が、必死に公香を揺さぶる。

反応はなかった。

目を閉じ、ぐったりしたまま動かない。

——何だよこれ。

哀《かな》しみから力を失った真田は、その場にへたり込んだ。

「何で、公香が死ななきゃならない……本当は、おれが……おれが、死ぬはずだったんだ……何やってんだよ……」

声が震えた。

あふれ出す涙を、止めることができなかった。

突きつけられた現実の重みに耐えきれず、真田はただ泣くことしかできなかった。

「勝手に……殺さないでくれる」

唐突に聞こえた声に、真田は顔を上げた。

「私……まだ、生きてるから……」

苦しそうにしながらも、公香の顔には笑顔があった。

「紛らわしいんだよ」

真田は、たまらなくおかしくなり、声を上げて笑った。

そのまま、仰向けに倒れた。

満身創痍《まんしんそうい》だ。だが、生きている。

みんな、生きている——その実感を味わった。

エピローグ

柴崎は、山縣と並んで墓地を歩いていた。

じりじりと焼け付くような日射《ひざ》しに眉《まゆ》を顰《ひそ》める。

こうやって歩いていると、つい先日の事件が嘘《うそ》のように思える。

「核爆弾は、無事に処理されたのか?」

山縣がポツリと言った。

「ええ。ＩＡＥＡが回収しました」

核爆弾は、原子力の平和利用を促進するＩＡＥＡによって回収され、安全な方法で解体されることになっている。

「中国からの密輸品だったのか?」

「いいえ。中東のＲ国を経由して入って来たもののようです」

「同じことだな」

山縣が苦笑いを浮かべた。

確かにそうだ。R国に核兵器の技術を提供しているのは、中国だと言われている。

だが、それもあくまで噂《うわさ》に過ぎない。

今回の事件は、その背景が大き過ぎて真相を明らかにするのには、何年もかかるだろう。

「正直、悔しいです。中国としては、一部の過激派グループが、単独で行ったという主張を続けています」

仙道と金城が、中国の工作員であることまでは突き止めたものの二人とも黙秘を続けていて、今回の事件が中国の指示であるという確証が得られない。

彼らは、この先も口を開くことはないだろう。

「日本政府も、このままうやむやにするつもりだろうな……」

おそらく山縣の言う通りだ。

その方が、お互いの国のためだと考えているらしい。

故《ゆえ》に、日本での報道は、中国の密輸組織により、核兵器が日本に持ち込まれた――

という内容に留まっている。

確かに、核爆弾が爆発寸前の状態であったという事実を公表すれば、パニックは必至だし、下手をすれば、中国との戦争に発展してしまう。

そうなれば、数え切れないほどの犠牲者を生み出すことになるだろう。

しかし、アメリカは納得していない。今回の事件の標的が、日本だけでないことは、彼らも承知している。

今後、アメリカと中国との緊張が高まっていくのは間違いないだろう。

舞台は政治に移された。柴崎たちにできることは何もない。

「やりきれませんよ」

それが柴崎の本音だった。

「みんな同じ気持ちだ」

そう言ったあと、山縣は三井の墓石の前で足を止めた。

この墓石の下で眠る三井は、今の状況を見て、何を思うだろう――ふとそんなことを考えた。

「どちらにしろ、これで変わるさ」

山縣が、哀《かな》しげに目を細めながら言った。

「そうでしょうか？」

「三井が訴えようとしていたのは、アメリカや中国の政治的な情勢じゃない。危険があることを教えることだった」

「はい」

三井は、日本に核兵器を密輸することで、日本の海が、外敵に対していかに無防備であるかを訴えるのが目的だった。

だが、仙道たちは違った。本気で核爆弾を爆発させるつもりだった。それを知った三井は、知らなかったとはいえ、計画に加担してしまったことへの罪の意識から、命懸けで止めようとしたのだ。

事件後、三井が盗み出した映像データが、ようやく公表された。

核爆弾の密輸も明らかになり、日本の海が危険だという彼のメッセージは国民に伝わった。

願望なのかもしれないが、そうでも思わなければ、やりきれない。

「三井、すまなかった」

山縣は深々と三井の墓石に頭を下げた。

――信じてやれなかった。

そのことに対する謝罪だろう。きっと三井も分かっていたはずだ。

山縣が三井を信じようと必死にもがいていたことを――。

※　※　※

真田は、志乃の病室にいた。

ベッドに横たわる志乃は、眠ったままだった。

事件が終われば、目を覚ます。そんな子どもじみた願望を抱いていた自分が、バカバカしく思えてしまう。

真田はベッド脇《わき》の椅子《いす》に座った。

刺された右の太股《ふともも》が、痛んだ。脇腹にも痺《しび》れるような痛みが残っている。右腕は、三角巾《さんかくきん》で吊《つ》った状態だ。

「また、ボロボロだ」

真田は自嘲《じちょう》気味に笑ってから、左手で志乃の手を握った。

――だが、生きている。

志乃の予見した夢を、変えることができた。

公香も、弾丸が足に命中し、倒れた拍子に頭を打って気を失っていただけだった。

あとは志乃が目を覚ませばいつもの生活に戻れる。

こればっかりは、無鉄砲に走り回ったところで、どうにかなる問題ではない。

真田は、哀しみの波に押し潰《つぶ》されそうだった。

「お取り込み中だった？」

声に反応して振り返ると、松葉杖《まつばづえ》をついた公香が立っていた。

ニヤニヤと笑いを浮かべているのが腹が立つ。

「うるせぇよ」

「あらあら、哀しい顔しちゃって」

「は？」

「大丈夫よ。志乃ちゃんは、必ず目を覚ますから」

公香が笑った。

そこには、迷いは存在しなかった。それが、当然であるかのようだ。

「楽観的だな」

「あんたに言われたくないわよ」

「よく回る口だ」

真田は舌打ち混じりに言った。

だが、少なからず気持ちは楽になった気がする。

「だいたい、志乃ちゃんが目を覚ましたとき、そんな辛気くさい顔見たら、気が滅入《めい》るわ」

「うるせぇ」

「だからさ、笑って待とうよ」

公香は自らに言い聞かせるように、うんと一つ頷《うなず》いた。

確かに公香の言う通りかもしれない。嘘でもいい。今は、笑っておこう。いつか、志乃が目覚める日のために——。

「また来る」

真田は、眠っている志乃に笑顔で呼びかけた。

それに答えるように、志乃の瞼《まぶた》が微《かす》かに動いた——。

この作品は二〇一一年六月新潮社より刊行された。

米澤穂信著

ボトルネック

自分が「生まれなかった世界」にスリップした僕。そこには死んだはずの「彼女」が生きていた。青春ミステリの新旗手が放つ衝撃作。

米澤穂信著

儚い羊たちの祝宴

優雅な読書サークル「バベルの会」にリンクして起こる、邪悪な5つの事件。恐るべき真相はラストの1行に。衝撃の暗黒ミステリ。

辻村深月著

ツナグ

吉川英治文学新人賞受賞

一度だけ、逝った人との再会を叶えてくれるとしたら、何を伝えますか——死者と生者の邂逅がもたらす奇跡。感動の連作長編小説。

誉田哲也著

アクセス

ホラーサスペンス大賞特別賞受賞

誰かを勧誘すればネットが無料で使えるという「2mb.net」。この奇妙なプロバイダに登録した高校生たちを、奇怪な事件が次々襲う。

越谷オサム著

陽だまりの彼女

彼女がついた、一世一代の嘘。その意味を知ったとき、恋は前代未聞のハッピーエンドへ走り始める——必死で愛しい13年間の恋物語。

本多孝好著

真夜中の五分前

five minutes to tomorrow (side-A・side-B)

双子の姉かすみが現れた日から、五分遅れの僕の世界は動き出した。クールで切なく怖ろしい、side-Aから始まる新感覚の恋愛小説。

伊坂幸太郎著

オーデュボンの祈り

卓越したイメージ喚起力、洒脱な会話、気の利いた警句、抑えようのない才気がほとばしる！　伝説のデビュー作、待望の文庫化！

伊坂幸太郎著

ラッシュライフ

未来を決めるのは、神の恩寵か、偶然の連鎖か。リンクして並走する4つの人生にバラバラ死体が乱入。巧緻な騙し絵のごとき物語。

伊坂幸太郎著

重力ピエロ

ルールは越えられるか、世界は変えられるか。未知の感動をたたえて、発表時より読書界を圧倒した記念碑的名作、待望の文庫化！

伊坂幸太郎著

フィッシュストーリー

売れないロックバンドの叫びが、時空を超えて奇蹟を呼ぶ。緻密な仕掛け、爽快なエンディング。伊坂マジック冴え渡る中篇4連打。

伊坂幸太郎著

砂漠

未熟さに悩み、過剰さを持て余し、それでも何かを求め、手探りで進もうとする青春時代。二度とない季節の光と闇を描く長編小説。

伊坂幸太郎著

ゴールデンスランバー

山本周五郎賞受賞
本屋大賞受賞

俺は犯人じゃない！　首相暗殺の濡れ衣をきせられ、巨大な陰謀に包囲された男。必死の逃走。スリル炸裂超弩級エンタテインメント。

堀川アサコ著

たましくる
—イタコ千歳のあやかし事件帖—

昭和6年の青森を舞台に、美しいイタコ千歳と、霊の声が聞えてしまう幸代のコンビが事件に挑む、傑作オカルティック・ミステリ。

近藤史恵著

サクリファイス
大藪春彦賞受賞

自転車ロードレースチームに所属する、白石誓。欧州遠征中、彼の目の前で悲劇は起きた！　青春小説×サスペンス、奇跡の二重奏。

近藤史恵著

エデン

ツール・ド・フランスに挑む白石誓。波乱のレースで友情が招いた惨劇とは——自転車競技の魅力疾走、『サクリファイス』感動続編。

香月日輪著

下町不思議町物語

小六の転校生、直之の支えは「師匠」と怪しい仲間たち。妖怪物語の名手が描く、少年と家族の再生を助ける不思議な町の物語。

香月日輪著

黒沼
—香月日輪のこわい話—

子供の心にも巣くう「闇」をまっすぐ見据えた身も凍る怪談と、日常と非日常の間に漂う世にも不思議な物語の数々。文庫初の短編集。

桜庭一樹著

青年のための読書クラブ

山の手のお嬢様学園で起こった数々の事件の背後で、秘密裏に活躍した「読書クラブ」。異端児集団の文学少女魂が学園を攪乱する。

三浦しをん著

格闘する者に○《まる》

漫画編集者になりたい——就職戦線で知る、世間の荒波と仰天の実態。妄想力全開で描く格闘の日々。才気あふれる小説デビュー作。

三浦しをん著

人生激場

世間を騒がせるワイドショー的ネタも、なぜかシュールに読みとってしまうしをん的視線。乙女心の複雑パワー、妄想全開のエッセイ。

三浦しをん著

秘密の花園

それぞれに「秘めごと」を抱える三人の女子高生。「私」が求めたことは——痛みを知ってなお輝く強靭な魂を描く、記念碑的青春小説。

三浦しをん著

乙女なげやり

日常生活でも妄想世界はいつもハイテンション。どんな悩みも爽快に忘れられる「人生相談」も収録！ 脱力の痛快ヘタレエッセイ。

三浦しをん著

桃色トワイライト

乙女でニヒルな妄想に爆笑、脱力系ポリシーに共感。捨てきれない情けなさの中にこそ愛おしさを見出す、大人気エッセイシリーズ！

三浦しをん著

悶絶スパイラル

情熱的乙女(?)作家の巻き起こす爆笑の日常。今日も妄想アドレナリンが大分泌！ 中毒患者急増中の抱腹絶倒・超ミラクルエッセイ。

坂木　司著
夜の光
ゆるい部活、ぬるい顧問、クールな関係。天文部に集うスパイたちが立ち向かう、未来というミッション。オフビートな青春小説。

西加奈子著
窓の魚
私たちは堕ちていった。裸の体で、秘密の心を抱えて――男女4人が過ごす温泉宿での一夜と、ひとりの死。恋愛小説の新たな臨界点。

沼田まほかる著
九月が永遠に続けば
ホラーサスペンス大賞受賞
一人息子が失踪し、愛人が事故死。そして佐知子の悪夢が始まった――。グロテスクな心の闇をあらわに描く、衝撃のサスペンス長編。

沼田まほかる著
アミダサマ
冥界に旅立つ者をこの世に引き留める少女、ミハル。この幼子が周囲の人間を狂わせる。ホラーサスペンス大賞受賞作家が放つ傑作。

平山瑞穂著
忘れないと誓ったぼくがいた
世界中が忘れても、ぼくだけは絶対君を忘れない！　避けられない運命に向かって、必死にもがくふたり。切なく瑞々しい恋の物語。

平山瑞穂著
あの日の僕らにさよなら
もしも時計の針を戻せたら、僕らは違った道を選ぶだろうか――。時を経て再会を果たした初恋の人。交錯する運命。恋愛小説の傑作。

樋口毅宏著

さらば雑司ヶ谷

復讐と再生、新興宗教、中国マフィア……。タランティーノを彷彿とさせ、読者の脳天を撃抜いた、史上最強の問題作、ついに降臨。

石田衣良著

チッチと子

妻の死の謎。物語を紡ぐ苦悩。そして、女性達との恋。「チッチは僕だ」と語る著者が初めて作家を主人公に据えた、心揺さぶる長篇。

道尾秀介著

向日葵の咲かない夏

終業式の日に自殺したはずのS君の声が聞こえる。「僕は殺されたんだ」。夏の冒険の結末は。最注目の新鋭作家が描く、新たな神話。

道尾秀介著

片眼の猿
—One-eyed monkeys—

盗聴専門の私立探偵。俺の職業だ。今回の仕事は産業スパイを突き止めること、だったはずだが……。道尾マジックから目が離せない！

道尾秀介著

龍神の雨

血のつながらない父を憎む蓮。実母を殺したのは自分だと秘かに苦しむ圭介。降りやまぬ雨、ひとつの死が幾重にも波紋を広げてゆく。

道尾秀介著

月の恋人
—Moon Lovers—

恋も仕事も失った元派遣OLの弥生と非情な若手経営者蓮介が出会ったのは、上海だった。あなたに贈る絆と再生のラブ・ストーリー。

森見登美彦著

太陽の塔

日本ファンタジーノベル大賞受賞

巨大な妄想力以外、何も持たぬフラレ大学生が京都の街を無闇に駆け巡る。失恋に枕を濡らした全ての男たちに捧ぐ、爆笑青春巨篇！

森見登美彦著

きつねのはなし

古道具屋から品物を託された青年が訪れた奇妙な屋敷。彼はそこで魔に魅入られたのか。美しく怖しくて愛おしい、漆黒の京都奇譚集。

本谷有希子著

生きてるだけで、愛。

25歳の寧子は鬱で無職。だが突如現れた同棲相手の元恋人に強引に自立を迫られ……。怒濤の展開で、新世代の〝愛〟を描く物語。

本谷有希子著

グ、ア、ム

フリーターの姉vs.堅実な妹。母も交えた女三人のグアム旅行は波乱の予感……時代の理不尽を笑い飛ばすゼロ年代の家族小説。

山崎ナオコーラ著

男と点と線

クアラルンプール、パリ、上海、東京、NY、世界最果ての町。世界各地で出会い、近づく男女の、愛と友情を描いた6つの物語。

山崎ナオコーラ著

この世は二人組ではできあがらない

お金を稼ぐこと。国のこと。戸籍のこと。社会の中で私は何を見つけ、何を選んでいくのだろうか。若者の挑戦と葛藤を描く社会派小説。

フラッシュ・ポイント

―天命探偵　真田省吾4―

新潮文庫　か－58－4

平成二十五年七月一日発行

著者　神《かみ》永《なが》学《まなぶ》

発行者　佐藤隆信

発行所　株式会社新潮社

郵便番号　一六二―八七一一
東京都新宿区矢来町七一
電話　編集部（〇三）三二六六―五四四〇
　　　読者係（〇三）三二六六―五一一一
http://www.shinchosha.co.jp

価格はカバーに表示してあります。

乱丁・落丁本は、ご面倒ですが小社読者係宛ご送付ください。送料小社負担にてお取替えいたします。

印刷・株式会社光邦　製本・株式会社植木製本所

ISBN978-4-10-133674-9 C0193